虎嗅集

王宇 著

上海文艺出版社

2014年于哈佛大学游学留影

2014年于美国加州大学洛杉矶分校校园留影

2015 年与友人在埃及开罗

2015 年与阿根廷友人留影

2015 年于实验室留影

2015 年听海

2015 年在巴黎塞纳河畔

2015年在德国汉堡携友游览航海博物馆

2015年于伦敦海德公园留影

2016年在宇昂科技春晓路办公地

2017年于美国西海岸远眺

2017 年在巴西伊瓜苏

2017 年与英国友人在沃灵顿

2017 年于滨江大道感怀

2017 年在校园一角

2018年与父母在家乡合影

2019年禅室读书

2018 年豫园灯会

2019 年禅室品茗

2019 年父亲指点书法

2019年和金龙鱼宝贝合影

2019年生活意味·吃小番茄

2020年在鸣沙山敦煌山庄

2019年书房悠闲时光

2019年勇攀武功山

2020 年生日照　　　　　　　《虎嗅集》诗集封面照

2017 年于美国旧金山小歇

2017 年在美国休斯敦一角

2017 年与欧洲友人合影

2018年在卡拉奇

2019年戈壁"征五"比赛

2020年戈壁"征六"比赛

目录

序言 / 1

诗作随感 / 1

午夜有叹 / 1

春叹之愁断肠 / 2

浣溪沙·端午 / 3

梦萦襄阳 / 4

渡蓝桥 / 5

获国家万人计划领军人才有感 / 6

荷花寂寞红 / 7

谁与共 / 7

彩云追月 / 7

夜巴黎的咏叹 / 8

论道 / 10

咏华沙 / 10

华沙乡愁 / 11

宁海徒步有感 / 12

静夜思美人 / 12

林月竹泉汤 / 13

醉春风 / 13

鹦鹉赋 / 14

露青芒 / 15

梵宫的问号 / 16

英雄歌 / 18

冬日偶小感 / 18

城南故巷 / 19

棋王赛有感 / 20

最高峰 / 20

引力波的畅想 / 21

化学家的情人节 / 23

思念大公羊 / 25

百年交大的荣光 / 28

春风晚来急 / 30

真如古寺弈棋有感 / 31

立夏品棋 / 32

中环畅想曲 / 33

流浪的小猫 / 34

寰宇我为王 / 36

塞纳河畔仙女赋 / 37

念奴娇·银座醉问 / 39

樱花随笔 / 41

中国创业英雄榜样盛典之随笔 / 42

联想取真经 / 42

江南才子叹 / 43

上海滩 / 44

苍天如洗 / 45

书华气自芳 / 46

蝶恋花·矾活暗香渡 / 46

龙抬头 / 47

土耳其怀古 / 47

水调歌头·博斯普鲁斯海峡大桥怀古 / 48

春分烟雨三更叹 / 49

蝶恋花·春光忍辜负 / 50

春光佐诗章 / 51

咏雪窦寺 / 52

闻航母入海 / 52

贺"创业英雄汇"上海分会成立有感 / 53

战一场 / 53

拼搏 / 54

同济忆华年 / 54

金谷同窗谊 / 55

巴西随感(一) / 56

巴西随感(二) / 57

伊泰普大坝之叹 / 58

雅思小感 / 58

守襄阳 / 59

郭靖守襄阳 / 60

忆风流 / 60

再别襄阳有感 / 61

南海罗汉倚云栽 / 62

南海风云 / 63

北创营延安毕业有感 / 64

青年湖畔几度秋 / 65

旅途思家有感 / 65

痛斩长发之感叹 / 66

征程起之迪拜抒怀 / 67

长空心零落 / 68

阿瓦里酒店有感 / 68

老爸购表小叹 / 69

下象棋有感 / 70

夜半奋笔有叹 / 71

安吉草原有感 / 71

安吉篝火晚会有感 / 72

葡萄架下品茶赏月 / 73

汉江花嫁女有感 / 74

嘉兴秋分节 / 75

南湖国科创联成立有感 / 75

南湖国科有感 / 76

夜梦渔人码头 / 76

宇宙岛大畅想 / 77

拉斯维加斯"赌城"之叹 / 79

凯撒宫里可销魂 / 79

旧金山的情思 / 80

加州的海岸线 / 82

戏花荫 / 84

水调歌头·武汉咏志 / 85

喜来登酒店有感 / 86

大国重器叹 / 86

《水溶性高分子》出版有感 / 87

自古英雄多磨难 / 88

爱宠逃跑小感 / 89
赴欧小感 / 90
尘缘几曾悲 / 94
思长发有感 / 95
法兰克福奇遇 / 96
再别美因河 / 96
英国小叹 / 97
难忘的一天 / 98
《银翼杀手2049》观影有感 / 99
再别伦敦有感 / 100
佛肚轩有感 / 100
半倚斜阳半倚门 / 101
聆听静安寺慧明大和尚开示有感二首 / 102
怎奈时光太匆匆 / 103
临港公司项目竣工有感 / 103
夜半归家有感 / 104
男儿志 / 104
屈原祠有感 / 105
华东疗养院拜谒伟人有感 / 105
丈夫万古愁 / 106
饱暖小感 / 106
关山琥珀杯 / 107
霞飞公馆午阳有感 / 109
生物医药报告有感 / 109
醉酒叹 / 110
水溶性高分子 / 111
《芳华》 / 112
环球八万里 / 112
《妖猫传》 / 113
襄阳唐城录 / 113

襄阳汉城录 / 114
丈夫多磨难 / 115
朱里夜枕荷 / 116
平湖雪如烟 / 116
有女初长成 / 117
爱宠寄情 / 117
江南残雪 / 118
天涯最相思 / 118
明月盼人归 / 119
偶翻荣誉证书有感 / 119
小萝莉寄语 / 120
汉江小北门码头怀古 / 120
米公祠有感 / 121
汉水情思 / 121
围棋小叹 / 122
羊祜山思美人 / 123
仲宣楼怀古 / 124
米公祠怀古 / 125
大唐飞歌 / 126
承恩寺怀古 / 126
大唐春梦 / 127
二月花 / 127
上元灯节有感 / 128
陌上花开 / 129
惊蛰雨如烟 / 129
临港夜战 / 130
玉兰春盛 / 131
咏红梅 / 131
张江春盛 / 132
一瀑诗意三月天 / 132
樱花月 / 133

月夜樱花曲 / 134
群芳争艳图 / 135
清明正伤心 / 135
襄阳好面 / 136
惜落樱 / 136
春光遮不住 / 137
南国好识君 / 137
深交所之南国春风劲 / 138
深交所朝圣叹 / 138
银企合作有感 / 139
观洋山港 / 139
雅思小叹 / 140
费城春早 / 141
春分万物生 / 142
大西洋灯塔有感 / 143
赏哥伦比亚大学樱花 / 144
天涯春已暮 / 145
立夏思故乡 / 146
樱桃说风情 / 146
环滴水湖有感 / 147
光谷咏叹 / 147
老骥当伏枥 / 148
六安瓜片 / 148
独山水坝有感 / 149
香茗寄相思 / 150
再见小萌宠 / 151
古隆中小虹桥遐思 / 151
葵园花开 / 152
葡萄架上理花枝 / 152
瓦屑村畔有感 / 153
减肥有感 / 153

竹海碣石阻归程 / 154
富陶金谷学习有感 / 155
金谷商战伴月明 / 156
阳羡探幽 / 157
西施壶遐思 / 158
雏鹰有感 / 159
雄鹰 / 160
雅思咏叹 / 161
京华烟云 / 162
联想之星十周年庆 / 162
紫薇锁情怀 / 163
美食小记（一） / 164
美食小记（二） / 165
迪拜感怀 / 166
情怀放不得 / 166
巴基斯坦新娘咏叹 / 167
阿拉伯海咏叹 / 167
沧海有感 / 168
大国当论道 / 168
迪斯尼香草园闻歌声 / 169
秋分时节小叹 / 170
明月最相思 / 171
黄酒解情肠 / 171
汉江追忆 / 172
再游唐城 / 173
夜深弈棋有感 / 174
襄阳黄酒慰平生 / 174
红山厂致芳华 / 175
征程起 / 176
马德里郊外小感 / 177
塞戈维亚大教堂忏悔 / 177

阿维拉墙怀古 / 178
马德里观影小感 / 178
CPHI 药展有感 / 179
黄昏词 / 180
斗牛场寄情 / 181
双创风云 / 182
东非有感 / 183
恋流年 / 183
咏苏轼 / 184
公司战斗季有感 / 185
大箕山有感 / 185
水晶宫感怀 / 186
静安寺赏棋 / 186
万物生 / 187
大国壮志叹 / 187
大瓣茶梅 / 188
咏鳌虾 / 189
冬夜跑步有感 / 190
考研追忆 / 191
安泰文治堂新年音乐会有感 / 192
普洱好读书 / 193
普洱茶饮有感 / 193
西双版纳小叹 / 194
咏梅 / 195
失眠小叹 / 196
襄阳雪梦有感 / 197
小院早春咏叹 / 197
腌制大青鱼有感 / 198
灌制香肠有感 / 198
红梅咏叹 / 199
小院弈棋 / 199

游星愿公园 / 200
咏水仙花 / 201
父子兵 / 201
豫园灯会咏叹 / 202
禅室有感 / 203
蒹葭伤叹 / 204
咏茶梅 / 205
安吉动征衣 / 206
院士站专家会有感 / 206
悼褚老 / 207
"三八节"作诗 / 207
陆海空三军仪仗队女兵有感 / 208
浦东电视台录制节目有感 / 208
美食春叹 / 209
十二间 / 209
梦雅思 / 210
忆联想之星 / 210
临港风恰轻 / 211
月湖征吾几轮回 / 211
恋花枝 / 212
世纪公园之戈友行 / 212
世纪公园拉练征吾小感 / 213
春感 / 214
捕鱼有感 / 214
征吾铁志坚 / 215
闻巴黎圣母院火灾有感 / 216
如梦令·晚樱 / 217
不许花荫傍斜阳 / 218
四月芳菲有感 / 219
梦敦煌 / 219
海军节咏叹 / 220

南海羁旅思戈壁 / 221
咏蔷薇 / 222
敦煌征吾行 / 222
塞外黄沙夜风劲 / 223
大漠瀚海夜风凉 / 224
戈壁滩上的流浪 / 225
再梦敦煌赋 / 228
樱桃红 / 230
静安古刹柏森森 / 231
塞外江南曲 / 232
河间驴烧有感 / 232
圣露庄园同窗情 / 233
机场候机叹 / 234
樱桃恨野鸟有感 / 235
玉皇山庄问情 / 235
大宋千古情 / 236

问佛 / 236
夏雨居家小叹 / 237
咏金丝桃 / 237
茶室休闲小叹 / 238
海尔风云录 / 239
父爱唤深沉 / 240
观沧海 / 241
咏武功山（一）/ 242
雄冠武功山 / 243
咏武功山（二）/ 243
上海滩咏叹 / 244
国合耶鲁之云飞扬 / 246
咏荷 / 246
天准科技上科创板有感 / 247
恨不相逢未剃时 / 247
三林花鸟市场的记忆 / 248

附录

公司之峥嵘岁月——凤凰涅槃 / 251

序　言

  时光似水，岁月如歌。真没想到，从 2015 年 8 月《英雄歌》付梓至今，已经过去六年八个月，我不禁感喟于时间的无情和年华渐远的无奈。

  我早有计划出版第三本诗集，但每每在最后关头因各种原因搁浅。不过也好，这六年多的时间我沉淀积累了大量的诗作。我最终写了六百余首诗，数十篇随感和杂文。都是我六年征途中即兴摘取的灵感花絮。本书从中选出两百多篇代表作，作为我这六年来的点滴写照。

  相较《英雄歌》《醉春风》，这本诗集主要有以下特点。

  一、时间跨度长。诗集收录从 2015 年年底到 2020 年年初累积的两百余首诗歌，或许这就是快枪手的风格。这些诗歌，仍是我出差途中，或者夜半失眠时所得。每每灵感迸发就及时写出，它们既是拼搏的感悟，也是人生的思考。时代在变化，我已把微信当作了记事本和日记本。碎片化的时间被用到了极致，我没敢浪费这青春渐逝的华年。这六年，我陆续参加了太湖金谷卓越班、上海交大安泰领导力、科技部 CEO 特训营、正和岛、伟事达私董会等商学院的课程。这些难忘的学习生涯也给了我无数的创作灵感。同时，六年全球的商旅游学也给我的想象世界增添了异域的情调与绚丽的色彩。厚重的时间沉淀与丰富的阅历是诗作创作最好的土壤和源泉。

  二、诗集风格多样化，本书以古体诗词为主，新诗为辅。一方面，坚持以古体诗为主。中国古典诗词的优美无法用白话语言描述。现在身边许多人，包括之前写现代诗的朋友都纷纷开始转写古体诗。另一方面，征程漫漫，行色匆匆，时间非常短暂，而灵感往往随机迸发。如果不及时记录下来，再冥思苦想也无法创造出原汁原味的灵感诗作，而无所不能的智能手机给了自己储存灵感的机会。新诗过长，一旦写起来就打不住。相较而言，古体诗字句精炼、意韵深长，别有一番中国山水画的典雅。这样，我可以真正做到信手拈来。这里也要强调一下，自己写诗仅为情感的抒发，一切随兴而为，没有去强调格律。我始终认为，诗词内涵要高于形式，突破陈规旧律也是自己的风格。

三、创作形式多元化。诗集包括古典诗以及少量的现代诗及杂文随感。这五年是公司发展的关键期。一是自己创作激情旺盛，诗歌表现形式做了大胆突破。五言及七言的律诗、绝句最适合临时起意，随手涂鸦，所以不由得将其作为创作主流。新诗近期写作较少，我创作时间有限，实在耽搁不起。但新诗奔放、浪漫、激昂，情感丰富细腻，有不可比拟的优点。有时，闲暇之余，我也写一些杂文随感，久之别成风格。我常在候机厅或者书屋偶然发呆乱涂，写杂文不用思索，激情来了，直接下笔。一写就停不下来，恣意汪洋。这是另一种创作的形式。

四、诗歌主题多样化，诗集有创业感喟、商旅修学、情感寄怀三大主题。基本按时间轴分类。这五年仍然是漫漫的科创征程，我们每天都全力以赴，砥砺前行。企业的发展如逆水行舟，根本没有歇息的片刻辰光。不自觉的，创业的拼搏与科创的感喟仍是创作的重要组成部分。

人生苦短，诗歌的创作逐渐向生活转移。我的兴趣爱好极其广泛，一切美好的东西都让我怦然心动，文思如泉。所以在游学、商旅及日常休闲时，一旦有所感就及时记录。很可惜，自己澎湃的情感与天马行空的幻想不得不湮灭在创业的漫长而枯燥的岁月中。情感世界偶有一丝亮光或微澜，也是随风而逝，空留余香。

我庆幸把这些美好以诗歌的形式记录下来，没有消散在生活的烟火气中。

原本想在2019年完稿，但诸事缠身，企业的发展一波三折，压力重重。在2020年又因疫情原因，后期又赶上公司的建设冲刺，又是一晃到了2021年。现在夏荷正盛，实在不敢再拖下去。

诗集的出版，首先要感谢公司。在浦东奋斗的二十多年，是我青春的全部记忆，是公司发展壮大的时光画卷。公司的拼搏史也是自己诗歌创作最大的动力。

我要感谢华东师范大学的王宏博士和公司的韩晓宇、宋智飞，她们抽出宝贵的时间帮我修改润色及校订，感谢上海文艺出版社的胡曦露编辑和浦东融媒体的郭总，他们专业的指导与帮助为本诗集的出版作出重要贡献。

定稿仓促，我自己屡屡在关键时刻有更重要的事情而拖延，诸多缺憾，希望以后再有机会修补。总之，《虎嗅集》代表了我诗歌创作的最高峰。其中有些诗句已经流传开去，我欣喜自己也有了一批忠诚的"诗粉"。十年磨一剑，希望能一夕露青芒。

在荷叶田田的江南盛夏，即将结束这本诗集的序言，我分外激动。我终于可以小歇片刻，为心中的念想画下句号。

人生总有起伏，相信在下一本文集出版时，小宇哥能成为真正的强者。

王宇　2021.7.6

诗作随感

  我提起笔，惆怅几许，思绪莫名翻涌，诸多的感慨像雪泉般喷涌。欢喜、痛苦、感怀交织一起，五味杂陈，感喟不已。眼前的一幕幕如电光火石、如烟火刹那燃放又转瞬消失，一切都来得如许快，走得如此急，你还来不及揣摩感悟，青春鸟便从眼前掠过，带着记忆的烙印，伴着岁月的哨声，瞬间穿入历史的长河，未激起一丝涟漪，就倏忽不见。

  我在张江春晓路的办公室里发呆，一天后，公司将搬迁到张江国际医学园区。窗外是灿烂的晴日、青翠的草坪、苍翠的松柏和玉兰树。靠近窗户的是郁郁葱葱的桂树。上面经常跳跃着灰色的鸽子或者斑鸠。除了四季更替和鸟儿鸣啾，时间仿佛从来没变过。但真的没想到，一晃就是五年。

  同样的风景，同样的窗子，不一样的人生。稍一愣神，五年时光如手捧的水，缓缓地从指缝流逝却无可奈何。这珍贵而刻骨铭心的五年，这沧桑而激情喷涌的五年。

  这五年在一生中是如此鲜明，如此难忘，每一分钟，每一时刻，每一场景，都可以说是荡气回肠、历历在目，都可以说是一生中无法忘怀的华彩篇章。

  还记得2015年年底，公司核心团队初具雏形，年轻的员工初生牛犊不怕虎，锐气正盛。在《英雄歌》诗稿结集时，我豪情万丈，热血激昂，分别在北京三元桥凤凰汇书屋、上海张江创智空间和上海书展现场举办了新书发布会，内心的喜悦与对未来的期盼相映成辉。当时我正值血气方刚的年纪，窃喜经过十年的创业磨难，应该可以苦尽甘来，应该可以好好享受下一段灿烂的人生。

  但命运总是在不经意间给自己开最大的玩笑，从2016年年初到2019年年末，太多的打击、挫折纷至沓来，我经常在睡梦中惊醒，冷汗淋漓久久不能平息。为何人的一生如此纠结，为何创业之路如此坎坷艰难？我渴望的笑傲江湖、快意恩仇的浪漫只是奢望；我期盼的举案齐眉、你侬我侬的生活终是神话。

  我将思绪渐渐沉淀，这五年，可以说是我一生中最为惊涛骇浪的五年，它是我带领公司开疆拓土、披荆斩棘的英雄时光，也是我"大意失荆州，败走麦城"的考验时光。

在这五年，我终于发现，以前仰仗的年轻的资本所带来的红利正逐渐消逝，以前那个英气勃勃、激情满怀的青年已是华发初生。我尽管仍然是激扬如斯，志向如斯，但岁月的轮回、风霜的洗礼已让我重新审视人生别样的意义。

这五年，我们经历了资本市场的大考，商业模式的转型，公司总部的搬迁，临港新厂的拼搏，张江医谷研发中心及襄阳医药生产基地的建设。诸多的困难层出不穷，诸多的打击让人防不胜防。但这一切并未将我打倒，反而激发出前所未有的"洪荒之力"，每一次的打击都让我更加勇猛地反扑；每一次的失败都让我加倍拼搏。公司就在这屡屡被打击得命悬一线的时候昂然崛起，用斗魂，用信念，用执著和坚守书写了不一样的传奇。它让我们逆境重生，永不言败。

这惊心动魄的五年已然过去，但留下的记忆是永恒。它将伴着我成长，一起呼吸，一起欢笑，一起惆怅，一起哭泣。这五年的每一天都是那么匆忙和惶恐，让我无法细细地品味和反思，而现在生命之河流淌得更加湍急，我被裹挟着无法呼吸，无法品味，只能随着命运之舟浩浩向前，不管前方的结果，不惧未来的命运。

我感叹无论对错，限于自身的境界，也因为自己是当事之人，一切的结果只能等发生后再静静品悟，所以自己的诗歌只为随感，不为修饰。这是自己真实的人生写照，这是自己青春泛黄的印迹。或许将来某天，当我老去，再次翻开这些泛黄的诗篇，回想当年那些激情燃烧的岁月，那些青春不息、战斗不止的战歌时会微笑，会无悔。若是，足矣！

2020.1.1

午夜有叹

夜不寐,衣衾寒。并刀如水,双目炯炯。感词人之缠绵,长叹而诗之。

2018 - 1 - 10

午夜长耿叹,浮世爱有三。
朝暮或可拟,卿影伴君眠。
朝日为云雨,暮月承余欢。
朝朝复暮暮,参商两相难。

春叹之愁断肠

江南春盛，于陌上发旷世之春愁。

2016 - 4 - 13

滟滟泛春光，历历愁断肠。
无计留春住，有心徒自伤。
踏青须晴日，春老情不忘。
问花花不语，风吹满春江。
相将折绿杨，依依三二行。
杨柳能再发，青春不得长。
倏尔春老去，春愁细思量。
何当垂清盼，解我情痴狂。
自舞胡笳曲，自傍云飞扬。
愿借相如赋，谱却凤求凰。
愿润薛涛笺，挥得华灼章。
喟然叹春罢，魂魄两茫茫。

浣溪沙·端午

端午到啦,我去郊外采艾蒿,归来于小院徘徊,小感而诗之。

2019 - 6 - 7

殷勤非为陌上桑,
巧手轻拂艾草长,
总道端午非寻常;

每拟粽叶青如碧,
不与榴花竞流光,
小园香径共徜徉。

梦萦襄阳

我有幸参加上海招商会,为家乡襄阳的进步而骄傲,小感而诗之。

2018 - 11 - 8

几回梦萦说襄阳,千古风流倚碧江。
半座城池汉时月,兼济天下翰墨香。
拟邀群英多奇志,愿托丹心著华章。
今向同道图醉罢,明朝何妨战一场。

渡蓝桥

　　大家的激情、梦想、爱心与拼搏，汇聚成"创业英雄汇"的滚滚洪流，我们一起拼搏！在被陈老师爆灯之际小感而诗之。

2016-8-4

巫山云雨渡蓝桥，
夜梦不许忆秦箫。
东风本是无情物，
吹落相思伴寂寥。
才子人前千般傲，
月下孤魂一点悄。
无奈红尘自纷扰，
闲花逐风任逍遥。

获国家万人计划领军人才有感

感谢所有关心支持公司发展的友人,小宇哥将百尺竿头,更进一步,为早日把水溶性高分子列入国家战略新兴产业而奋斗!为公司早日成为百亿市值的高科技企业而奋斗!小感而诗之。

2018-1-8

从来壮志不言伤,为有英雄泪千行。
不与萤火争明灭,敢叫日月共荣光。
劫难浩浩情何久,征程漫漫兴欲狂。
忽如天地风云荡,倚得昆仑战一场。

荷花寂寞红

国科一期科技部大会堂紧张培训之余小游后海，小赋一首。

2015-8-8

无那荷花寂寞红，后海仲夏消晚风。
笙歌宛转情未定，明月已过小桥东。

谁与共

国科一期科技大会堂培训罢，同学们晚宴狂欢，小叹而诗之。

2015-8-8

珍重同谊谁与共，醉罢睥睨笑东风。
狂傲何妨歌一曲，斩却楼兰我为雄。

彩云追月

又是商务赴京！我来时北京艳阳高照，碧空万里，别时秋雨绵绵，无尽愁思。我路过桂花树，小叹而诗之。

2015-9-28

彩云追明月，天涯唤愁思。
广寒月中桂，可得折一枝？

夜巴黎的咏叹

公司国际部变故，我于危难之际再次单骑杀到欧洲，参加法国巴黎 CPHI 世界原料药展，收获满满。我短短三天连续会见四十五个国外客户，累极。我每见一个外商就喝一杯咖啡，三天下来，全身蓄满咖啡原液，已然长"咖啡豆"。商务最终胜利结束，我独自游览美丽的塞纳河，于战神桥上感慨万千。

谁想创业十年仍辗转飘零，今公司再整旗鼓，时隔一年又重回巅峰！遂小叹而诗之。

2015 - 10 - 18

我在夜巴黎里流浪，
飒飒秋风卷起愁肠。
塞纳河静静地流淌，
诉说战神桥畔的时光。

人生何如沧桑，
归雁却是旧时模样。
梧桐树挂满惆怅，
塔影月下细思量。

从来失意多落寞，
未若得意兴欲狂。
征程漫漫豪歌起，
柔情嫋嫋一剪伤。

这巴黎的夜色多妩媚，
这塞纳的河水正彷徨。

为何秋风不解意，
吹散江月满星光。

天涯明月归程远，
伊人不见两茫茫。
听那寂寞在歌唱，
看那塔影正凄凉。

那一段刻骨的过往，
那一碗记忆的迷汤。
那一阕宋词的香艳，
那一抹雨后的斜阳。

我在夜巴黎游荡，
找寻蒙娜丽莎的目光。
她的微笑为何神往，
她的嘴角却是凄凉。
她的秀发抛情浪，
她的衣裾正飞扬。

走在夜巴黎的异乡，
天涯羁旅的渴望。
多少岁月染黄，
雕出卢浮魅影恨偏长。

任这惊眸回望罢，
挥洒磨坊艳舞拂霓裳。
未若歌一曲，舞半晌，
莫若醉几回，爱一场！

论道

在米兰出差时，我听闻贵州卫视的某档节目播出，非常荣幸曾经参与节目录制，欣喜而诗之。

2015 - 10 - 20

商战可论道，欧旅叹飘摇。
纵横有天地，浮沉陶情操。
征途渡劫难，星夜唤归巢。
辗转三更罢，山水可迢递。

咏华沙

艺术的唯美、历史的灿烂、民族的桀骜与文化的华丽，东西欧交汇碰撞出耀目的光芒。骄傲的华沙公爵，向您致敬！小感而诗之。

2015 - 10 - 23

仗剑策马向天涯，
白云尽处是华沙。
潋滟秋光遮不住，
只折东欧第一花。

华沙乡愁

  我胜利结束巴黎CPHI展会。这次公司团队收获巨大,共接待客户逾百名,大大提升了公司在欧洲的知名度。感谢年轻的国际部团队,他们以饱满的热情展示了企业精神。公司的商标已经国际知名。加油吧,兄弟们!

  展会结束后飞往东欧华沙,于斜阳处见寒鸦,乡愁生,遂作华沙乡愁三首。

2015-10-23

华沙秋感

华沙秋窗映清辉,
云海寒鸦唤人归;
不羡金风晚来醉,
愿抱乡愁共香闺。

羁孤旅

东欧羁孤旅,华沙拭泣痕;
秋风忆过往,斜阳映古城。
寒鸦掠思绪,苦咖唤深沉;
红叶当解语,香闺梦中人。

无以家

丈夫漂泊无以家,南欧倏尔又华沙;
谁家秋风添寂寞,何处离愁惹寒鸦。
余晖脉脉魂窈渺,清辉浩浩意参差;
忽如梦回泪潸下,玉人妆罢可如花?

宁海徒步有感

我与同学们相约宁海国家步道徒步,从早至晚跋涉,终于艰辛到达目的地,小感而诗之。

2015 - 10 - 31

宁海秋窈漠,征程有同窗。
风重桥畔树,露凝陌上桑。
情迷天旷远,霞飞日落长。
长亭谁家女,可得乞茶汤。

静夜思美人

同学们胜利结束山地徒步,组织了一场激动人心的万圣节宴会,见鬼影幢幢,皆"洋魔"乱舞,却不见倩女幽魂,郁郁然。遂小叹而诗之。

2015 - 11 - 1

夜深宛转斜倚窗,一曲琵琶断愁肠。
未知芳华寄何处,明月皎皎泪凝霜。

林月竹泉汤

　　宁海天明山森林温泉值得称赞,我和浦东诸多优秀企业家一起感受晚秋的美好与温度。于温泉小感而诗之。

2015 - 11 - 1

无那浦江秋风凉,遂驱宁海浴兰汤。
云山雾霭当佐酒,林月竹泉好梳妆。
不言岁月催白发,莫若静心醉时光。
明月有意当笑我,抱得婵娟归故乡。

醉春风

　　下午两点,在三元桥的字里行间(凤凰汇店)聚石文华,我邀请四位嘉宾,畅想诗与文的对话,在冬日醉春风。

2015 - 11 - 18

醉春风,将谁的思弦拨动?
回望红尘紫陌,笑傲沧海人生;
醉春风,将谁的命运捉弄?
凝眸坎坷征程,搏杀天涯纷争;
醉春风,我醉春风,纵情思正汹涌,纵韶华最嫣红。
醉春风,我醉春风,爱汹涌,恨迷蒙。
伤情处,谁与共?悲情处,恨不能。

鹦鹉赋

　　周日晴好，我小逛三林花鸟市场，偶得红嘴绿鹦鹉一对儿，遂配金丝鸟笼、金黄小米、食匙、水杯诸装备欣然归。见两只小精灵日间嬉戏玩耍，夜间交颈而卧。偶或眼波流转，如泣如诉，顿觉生命如此鲜活而灵动，我于离家上班之际蓦生怜惜不舍之感。常于公案劳牍之余，不觉嘴角含笑，甜美温馨诸情满溢也。浑忘尘事烦杂，恍如浮云飘逸而生机勃勃。

　　某日，我心惴惴不安，星夜奔驰归家。鸟笼依旧而鸟影只单。小雌鸟神情落寞，翠羽瑟瑟，见吾啾啾欲诉。静观鸟笼完好，不似邻舍大花猫贼作案。于静室徘徊良久，黯然泣下，遂于北风呼啸之际作鹦鹉赋而悼之。

2015 - 12 - 3

诗作（一）

　　静日晴好兮得良禽，锁金屋兮慰吾心。
　　两相偎兮浑不忘，叹兮妒兮自沉吟。
　　北风凌虐兮影飘零，翠羽何处兮不得寻。
　　孤窗影兮夜漫漫，恸兮恸兮未了情。

诗作（二）

　　偶兴踟蹰戏冬阳，金笼鹦鹉唤茶汤。
　　两相依依情方好，一夜落落恨偏长。
　　世事轮回不如意，人生落寞有情伤。
　　斜倚寒风三更罢，且向明月共凄凉。

露青芒

我戴着口罩来北京,帝都人民很辛苦。

2015 - 12 - 8

十载磨一剑,
一夕露青芒。
寰宇谁与共?
沧海我为王。

梵宫的问号

　　经年征战,伤痕累累。我从北京归来,由虹桥机场急赴无锡华东疗养院,于灵山大佛前感悟,于梵宫五印坛忏悔,遂诗之。

2015 - 12 - 12

是谁在梵宫殿祈祷,
斩不尽的情丝缭绕。
是谁在拈花湾浅笑,
喝不醒的红尘烦恼。

是谁在五印坛论道,
感悟一个前世的寂寥。
是谁在灵霄山寻找,
寻找一个轮回的问号。

可变成佛祖的灯草,
莲花瓣恣意地招摇,
浮生若梦的缥缈,
熏染出飞天的娇俏。

可变成虔诚的香客,
紧紧抱住灵山的佛脚,
让浪子的心儿涤净,
幻化空空色色的明晓。

看檀香暮鼓迎归鸟，
听夕阳古钟恰晚照，
看红衣袈裟梵歌悄，
看经轮经幡漫天飘。

我是一只迷途的小鸟，
我是情海浮沉的问号。
我是尼连禅河的水藻，
我是菩提树下的煎熬。

我是三生石的灯草，
我在离恨天里燃烧。
是谁在梵宫殿祈祷，
是谁在拈花湾浅笑，
是谁在五印坛论道，
是谁在灵霄山寻找？

一个因果的应照，
一段轮回的思考。
一曲灌玉的舞蹈，
一枚菩提的问号。

英雄歌

感恩有您,公司十年磨一剑,一夕露青芒。
公司路演正式开始啦!遂小感而诗之。

2015 - 12 - 18

丈夫傲世兮彩云追,江湖漂泊兮北风吹。
唯有壮志兮英雄泪,漫卷黄沙兮人不归。
几回征战兮血纷飞,一朝错败兮尘与灰。
笑卧沙场兮君莫醉,再整河山兮搏一回。

冬日偶小感

我一早赴厦门国际会展中心参加正和岛年会及新三板峰会。演讲结束,投资者云集,小宇哥被团团包围,混乱中蓦然发现,手机遗失。没有手机的陪伴,繁华过后,一地凌乱。长夜漫漫如何度过啊!一分分煎熬,一秒秒焦虑,于崩溃之际小叹之。

2015 - 12 - 18

万花丛中铸豪情,群英涌灿傲诸君。
忽失珍爱失魂魄,铁骨原是玲珑心。

城南故巷

第二届上市企业围棋赛于1月21日举行，上市企业围棋邀请赛是商界围棋爱好者的大型聚会，此次比赛在北京举行，看商界和棋界如何掀起一场"腥风血雨"。

聂卫平"棋圣"气场十足，我要向偶像学习。夜不寐，思纷飞，京华风冷又闻江南雪寒，逐小诗之。

2016-1-22

城南故巷

城南故巷栖寒鸦，
冰雪残阳著梅花。
夜半绮梦多少恨，
一叶相思寄天涯。

江南枕雪

江南一夜尽枕雪，
梅萼暗香小径斜。
玉手轻呵伤心月，
寄予天涯共皎洁。

棋王赛有感

  第二届全国上市企业围棋赛激战中，旁边是专业女棋手。小宇哥奋勇拼搏，终于赢了一局，捍卫了上海选手的荣誉。棋赛藏龙卧虎，各路英雄潜伏，每次稍有优势终被逆转。选手大多代表了国内业余豪杰的高水平。乘车去国子监，冬阳熙暖，意欣然。

  新浪体育全程直播，商界棋王巅峰对决即将在国子监盛大开始！

  棋坛领军人物全部到齐。我欣喜能有机会亲窥国内最高级别的商界棋赛。两天比赛终偿夙愿，作为骨灰级业余发烧棋友，我能和诸多专业棋手、业余顶级豪杰相聚，幸福感满满，虽败犹荣！

  小叹而诗之。

2016 - 1 - 23

京华弈棋罢，冬阳暖小诗。

屠龙非得意，但为解情痴。

最高峰

  又是一年复盘季，旧思绪，新征程。我在张江春晓路办公室喟叹良久而诗之。

2016 - 1 - 30

斗转星移又冬风，

一花一叶俱从容。

敛心云淡千山尽，

凝眸却是最高峰。

引力波的畅想

  感谢新大奔的强劲，经过一千多公里的长途跋涉，历时十八小时的征程，终于，团队顺利抵沪。再见了，襄阳；上海，我来啦。从安庆、合肥到南京、无锡，路上全部拥堵不堪，我终于坚持到底，平安归来。一夜好眠，满血复活。怀念我的大公羊。我于堵车之际小诗之。

2016-2-13

我乘着引力波飞翔，
时空漩涡里莫名惆怅。
量子的纠结无际无往，
黑洞的召唤闪着死光。

我在半人马座α星系彷徨，
十维空间里几度迷茫。
星际穿越的奇点，
可找回昔日的忧伤。

我要抹平宇宙的原点，
让时光凝固我的渴望。
我要扭曲能量弦的膨胀，
让伊倒回青春的模样。

我乘着曲率飞船翱翔，
中微子诉说我的衷肠。

我要点燃漫天的星斗，
在亘古天际里吟唱。

我要扼住坍塌的死光，
让快乐恣意地生长。
我要让山无棱，江水为竭，
我要让冬雷夏雪，我愿即我向。

化学家的情人节

情人节非要晒花吗？小宇哥要用化学写诗过节啦。

2016 - 2 - 14

滴定的终点在摇晃，
惶恐的情愫在滋长。
左手的阀门在紧张，
右手的试剂在膨胀。
谁是谁的主张，
谁是谁的期望？
通风橱的真空在吹响，
高分子的情链在变长。
活性点的触角在打量，
今晚谁是我的新娘？
忘情水在微微作响，
活性炭已改变模样。
八十度的温存啊，
可以将生米变成琼浆。
天空飘来花的芬芳，
那是苹果酯的清香。
用五彩滤纸折成玫瑰花的海洋，
无边又无往，情爱两茫茫。
可逆反应是想象，
理想气体是主张。

络合适合碰撞，
共聚才是爱的方向。
当能垒突破了常数，
当取代变成了量纲。
当希望变成期望，
当方程变成了绝望。
我在情商里变成高熵，
我在链式反应中变得疯狂。
我是红尘浮沉的元素迷网，
我是情海颠簸的有机物。
没有远方的远方，
没有归宿的流浪。
没有恒温的变量，
没有终点的链长。

思念大公羊

再见，我的大公羊！

大公羊走了，就这样静悄悄地离开了生死与共的主人。我泪流满面之际写下对大公羊的思念与回忆。

在我人生最精彩的六年，它无怨无悔，忠贞始终，用心记录着我拼搏的点点滴滴，从张江的创星园，到北大电子园，再到今年年初春晓路。在新春到来之际，它疲态尽现，再也无法带我征战，再也无法陪我奔驰在上海的"原野"，再也无法和我纵横四海、笑傲江湖了。

在料峭春风中，我望着大公羊，它也一如既往，高冷地凝望着我。但我知道，它冰冷的面容下是一颗热烈的心，狂野、执着、坚毅而多情。

它的车身，金属光泽的漆面，大气张扬的羊头，还有那狂放的吸气格栅，以及带有明显美国西部牛仔风格的浪漫不羁，都让我牵肠挂肚，痛不欲生。

2016-4-7

怒放的情伤

我在高傲地发呆，
寂寞地怒放。
用栀子花的香，
涤无绪的愁肠。

任夏初的夜风，
伴一曲琵琶的清唱。
在无垠的夜，
打叠末途的情伤。

我在踯躅地祈望，

落寞地彷徨。
雕清冷的月光，
和前途的迷茫。

如星河的潮涌，
候七夕常春藤的凄凉。
在漫长的月光下，
消受这无尽的流浪。

高傲的大公羊（外一首）
我是高傲的大公羊，
安贞桥下恣意地游荡；
看七月槐花香，恰仲夏风初凉；
只霓虹灯怒放，却人潮夜未央；
前途的迷茫，可会对未来失望？
寂静又狂放，落寞偏高昂；
心底的软苔，可是绵亘的情伤？
无休又无止，旧痕添新伤；
用野性的吟唱，涤无尽的愁肠；
我是京城最霸道的公羊，
我是上海滩最俊的才郎；
听夜莺在歌唱，看夏蝉正彷徨；
却彩云归故乡，笑明月俏模样；
我是高傲的大公羊，
安贞桥下温柔地疯狂；
无助的渴望，强悍的惊慌；
奋起的战蹄，骄傲的角梁；
淡漠的眼，冰冷的光；
没有远方的远方，没有归宿的流浪；
岁月正沧桑，青春已远殇；

羊发披雪霜，奔波至天荒；
用泪水点燃火光，用鲜血抚慰情伤；
用战斗安抚宁静，用胸膛扑向刀枪；
当雨滂沱，当柳丝长，
当云飞扬，当泣沾裳，
当风宛转，当天一方。

百年交大的荣光

  江南三月，草长莺飞，恰迎上海交通大学一百二十年生日，应安泰管院赵老师之约，我欣喜之余，忆及交大百年峥嵘岁月，灵感勃发而诗之。

2016 - 4 - 8

我是中华民族的文化脊梁，
巍巍百年铸就历史的荣光。
用那笑傲岁月的多情风浪，
谱却胸怀天下的闪烁华章。

看那南洋公学的救国自强，
为了储才必先兴学的理想。
用那精勤进取的无私渴望，
揭开笃行不倦的历史沧桑。

为了新中国的文化富强，
西迁力行何妨搏一回，战一场。
无论大上海的黄浦江，
还是古西安的长乐坊。

协振东西山河于空旷，
漫卷南北晴空之激昂。
唯那饮水思源的学魂啊，
都承载着天地交而万物通的渴望。

我是炎黄子孙的骄傲,
我是中华民族的脊梁。
我是民族复兴的代表,
我是时代精神的流长。

用那全球视野的通达,
打造家国情怀的绽放。
用那爱国荣校的校训,
谱却百年交大的辉煌。

用那海纳百川的精神,
将世界一流的梦想传唱。
用那五校合一的情怀,
奠定百年交大的荣光。

春风晚来急

春光灿烂,和风浩荡。莫名思绪,纷纷扰扰,小感而叹之。

2016 - 4 - 20

浩荡春风留不住,
浪子,目光在天际。
满城思绪,一川烟雨,
半壁流连,半腔柳笛曲。
梦依依,魂断续。
所谓伊人留不住,
情郎,芳心寄几许。
一梭红尘,三千青丝,
十里春光,黯黯凭栏意。
风乍起,晚来急!

真如古寺弈棋有感

  在真如寺，我在国手刘世振老师的带领下认真学习，纹枰论道，并报名请香如老师专业指导。小叹而诗之。

2016 - 5 - 7

江南一夜春雨长，
真如古刹隐佛光。
拈花不解伤心浪，
敲子偏爱有情伤。
莲花座旁思无量，
檀香棋里唤茶汤。
弈罢不觉神思远，
暮鼓天涯做归乡。

立夏品棋

  我周日下午向两大国手老师学习，分别是刘世振院长和王香如老师，天元围棋当家主持今天亲临道场。感谢业余五段强手沈老师以及楼老师，棋友感情最难忘。

2016 - 5 - 8

    立夏雨初霁，廿一茶始芳。
    黑白无间道，生死有迷章。
    敛礼呈师教，静心雕日光。
    弈罢莞尔叹，青丝染白霜。

中环畅想曲

一早出发,中环全线诡异,于堵车之余而小诗之。

2016 - 5 - 19

长长的车流,缓缓地流淌。
蹉跎了岁月,凝固了时光。
虫洞的开合,摇摆的车窗。
红绿的变幻,不变的思量。
日月的消长,青春已沧桑。
看车来车往,看希冀与绝望。
恍如迷途的黄羊,哪里是前行的方向。
就在半人马座感伤,品啜平行宇宙的凄凉。
就在这车海中摇晃,感叹量子三体的通畅。
可许我曲率大星舰,划过浩渺天穹的蔚蓝。
可许我歌者的弹子,彼岸即此岸,我思即我向。
就在这车潮汹涌中惆怅,幻想时间轴的魔方,
用十维时空的琴弦,拨弹红尘迷茫的模样。
就在这车流滚滚中彷徨,打叠一段暗物质的死光。
用玻色子的无情碰撞,谱出人生不可逆的高熵。
看银河系在吟唱,看火星云在飞扬。
可怜小宇哥,肠断中环上。

流浪的小猫

  路过小区的林荫道,我又见可爱的流浪小猫主动蹭热度。它怯生生过来,一边甜腻地喵喵叫,一边弓着猫身在我腿前蹭来蹭去,一颗心瞬间被融化。真心喜欢这种高冷而黏人的小动物。遂小叹而诗之。

2016-6-18

我的心像流浪的小猫,
夏风中在无助地招摇。
渴望主人温暖的怀抱,
忍受没有明天和鲜鱼的煎熬。

我的心像流浪的问号,
尘世茫茫中用尾巴思考。
多少苦难不算什么,
遗弃算不上是一种情调。

我的心像孤独的小猫,
我在命运女神前面奔跑。
我要跑赢猫生的轨迹,
哪怕希望只是云彩般缥缈。

我的心像坚韧的小猫,
冷眼看尽红尘的纷扰。
我用九条命的坚韧,
将未来的道路苦苦思考。

喵喵喵，
我是骄傲的小猫，
我在流浪中微笑。
我的笑里藏着泪，
我的泪里藏着笑。

我的心是流浪的小猫，
我的世界别人不知道。
我在自己的世界里奔跑，
哪怕明天就是最后的逍遥。

寰宇我为王

新品发布会小宇哥激情演讲!

我们武汉九省通衢,自古繁华,人杰地灵。今天,我们公司的化妆产品将从这里扬帆起航,傲然而立。我们一起见证这个伟大的历史时刻吧!

2016 - 9 - 13

柳荫桐霭日偏长,赤日炙风思茶汤;
蛰伏郁郁有壮志,振翼猎猎为激昂;
何惧浮生恨苦短,最是情怀好沧桑;
长歌一曲朝天向,寰宇从此我为王。

塞纳河畔仙女赋

十年前,小宇哥放弃美国留学机会,毅然回国创立公司。创业伊始,举步维艰,小宇哥心怀爱国梦,倾力打造中国水溶性高分子航母,奋勇拼杀于欧洲诸国,将主打产品水溶性高分子材料销售给欧洲各大化妆品厂家。

某年初夏,小宇哥由英国伦敦飞抵法国巴黎参加CPHI,经德国慕尼黑,夜宿奥地利的因斯布鲁克小镇拜访化妆品客户。商务完毕,游性颇浓,在宝蓝色的因河(Inn)邂逅一位神秘金发碧眼少女,二人意气相投,一见如故,共游金顶。游玩途中,情愫暗生,谈兴颇浓。少女狡黠聪慧,气质高雅,神似茜茜公主。少女钦佩小宇哥的爱国创业情怀,小宇哥欣赏少女的欧式浪漫高雅气息,遂相约结伴同游欧洲列国。

两人在瑞士美丽的苏黎世湖畔荡舟,仰望阿尔卑斯山的雪峰与彩霞;在浪漫巴黎的塞纳河右岸徜徉,沿长长的梧桐河道聆听巴黎圣母院的钟声;在伦敦泰晤士河畔的酒吧小酌,两人同登伦敦眼,在浩瀚的星空下私语;在少女家乡德国汉堡的易北河畔,两人将同心锁挂在古老的爱情石桥。当时,夏风轻拂,夜花灿烂,人生如此,夫复何求?遂作仙女赋志之。诗罢,耳畔突闻仙子惊呼,小宇哥救我!乍醒,原南柯一梦耳。遂长叹而诗之。

2016 - 10 - 2

巴黎秋日雁高翔,
艾菲铁塔敛红妆。
塞纳河畔空相望,
谁家画女怯薄裳。
搔首踟蹰费思量,
巧笑倩兮水流芳。
不见脂粉无颜色,
唯见绮罗明月珰。
回眸流连神飞扬,
低眉宛转迷迭香。

拈手顾盼浅吟唱，
敛礼忐忑久低昂。
借问韶华春几何，
尺素鱼书谁与将？
香闺深深可寂寞，
梦醒寂寂斜倚窗。
俄而余辉映霞光，
欸乃声里送斜阳。
执手相欢彩棹里，
蓝爵郁郁断人肠。
星河漫溯灯初上，
美景移幻夜未央。
左岸笙歌激情浪，
右舷侍女舞轻扬。
三十六桥明月在，
曾照爱神乾坤长。
圣母院里无情月，
卢浮宫外有情郎。
叹罢惊醒天涯远，
南柯一梦两茫茫。

念奴娇·银座醉问

  作为中国水溶性高分子专家，小宇哥有幸参加四月的CPHI，在日本东京骄傲地用技术征服合作伙伴及日本著名的化妆品厂家的研发人员，为进军日本庞大化妆品及医药市场打下基础。商务结束后，我在东京逗留。看春光灿烂而樱花已谢，我一时豪情勃发，与日本友人畅饮于银座，夜醒而诗之。

2016 - 10 - 6

丈夫傲世，当图醉，
痛哉快意平生。
浮世掠绘，耽情爱，
乐町伎点绛唇。

叹樱花舞，
富士雪泥，
明月浪子恨。
弹铗长歌，
东海谁主浮沉？

缘由性起三更，
正清风明月，
绮梦无声。
天涯浩劫，
君不语，试论胡与纵横？

山水迢遥，

相思正关情，
物语千问。
可抱芳菲，
东风最是销魂。

樱花随笔

　　欣闻上海樱花即将盛开，从顾村到世纪公园，再到同济的樱花大道，遥想粉红漫天，落英缤纷，春风袭来，花簌簌纷飞而暗香幽浮，如若携美同游，未尝不是人生快事也。然而花依旧而人不得，独怆然而退思矣。又忆青春年少，轻歌薄裳，漫步于世纪公园，意气风发。蓦然惊觉，匆匆已十载矣。

　　伤感恍如料峭的春风将情怀充盈，韶华却如零落的飞红从指间流逝。于这奈何夜怆然凝望那段泛黄的时光。就在春寒时刻将情愫细细消磨，于梦醒时分将思念久久品啜。这悸动的春愁这淡淡的忧，这莫名的喟叹这浓浓的伤痛。

2016 - 3 - 10

春愁寂寞魂

从来春愁黯际生，灼灼桃花梦几分。
凉凉夜色多情恨，浅浅东风空月轮。
搔首茫茫向天问，凝眸郁郁点绛唇。
今兮何兮相思苦，天涯芳草寂寞魂。

中国创业英雄榜样盛典之随笔

创业艰辛，血泪斑驳。各种折磨与打击不一而足。我无数次被打倒，但又一次次擦干眼泪，笑着站起来，用自己的激情与梦想，用自己的坚韧与不服书写着公司的奇迹。

我们不仅在中国，更要在国际市场让全世界聆听公司的声音。让中国制造成为高端时尚领先的代名词。

我相信，公司一定会成为高新技术价值真正体现的企业代表。

小宇哥一直在拼搏，在创业的道路上狂奔。但，这就是公司的魅力与价值。

再次感谢各位至亲。

2016 - 10 - 23

人生当豪迈，岁月几轮回。

横槊图一醉，狂傲照天雷。

联想取真经

亲爱的联想四期同学们，此次杭州相聚非常开心，我度过了快乐而温馨的两天。分享盛宴都令人兴奋而难忘，感谢柳班长、张露、文忠等同学的精心安排，我们在欣赏西子美景美食的同时增进了友谊，增长了见识，衷心希望我们联想四期明年再相聚！小宇哥仅以小诗致之。

2016 - 10 - 31

忆昔联想取真经，五载风雨铸深情。

犹忆敦煌刀锋劲，翻作今宵壁上鸣。

长歌一阕辩经纬，西溪九曲荡风云。

且将雄心寄明月，春风十里有诸君。

江南才子叹

　　美国专利授权书到啦！我们历经五年艰辛，用实力，拼颜值，加气质，添才艺，公司十项全能，荣登水溶性高分子桂冠！可恼资本界怪叔叔们不懂它的价值。为什么核心竞争力的无形资产不被重视？为什么研发费用要被成本化？不重视科创硬核属性的资本市场肯定有其不足之处，小叹而诗之。

2016 - 11 - 2

江南有才子，温润气自芳。
忽如鸣凤至，东海麟角长。
谁人共甘苦，长夜相扶将？
振翼桀骜起，睥睨日月光。

上海滩

  我上午组织公司院士站专家讨论科技部重大项目研讨会，晚上组织湖北文理学院校友会年会，一百三十名襄阳校友及母校领导及当年班主任济济一堂，共叙同窗之谊。我于现场激情朗诵新作诗篇。

2016 - 11 - 6

雄鹰，在高傲地飞。
游子，在落寞地回味。
看那滔滔江水，淘尽多少英雄泪。
拼全力壮志未酬终不悔。
看那人间十月美，唤起多少相思味。
用真心青春一去不再回。
看那落霞钟楼千帆尽，人潮汹涌却心碎。
上海滩，浮生若梦君可醉?
用真心，诉衷肠更与何人归?
歌一阕，舞半晌，酒几回。
黄浦江，淘尽多少离人泪。
再回首，看丈夫傲世当图醉，看笑卧沙场人不归。
上海滩，十里洋场血纷飞，
长啸罢，看沧海桑田谁安慰?
看再整河山搏一回。
雄鹰，在高傲地飞。
游子，在久久地回味。

苍天如洗

今天对公司来说是一个特殊的日子，经过十一年的努力奋斗，我们从零到一，从小到大，由弱变强，从浦东的一个民居蹒跚起步，一点一点用激情、青春与信念丈量着从梦想到现实的距离。我们五年的蛰伏，六年的薄发喷涌，现在，我们终于可以自豪地讲，公司已经成为中国水溶性高分子的领军企业。我们已经可以和欧美巨头同台竞技，已经可以让世界听到公司的声音。我今天非常激动，因为这是公司院士工作站建站的神圣日子，我们的研发已经处于国内领先水平，不远的将来，一定会在国际领先。

2016-11-8

今夕何夕，莫恨天辜负，无处觅英雄曲；
多情总为无情起，苍茫大地，春透消息。
问风骚独领，倩谁寄相思意？
明眸转处，佳人盈盈不语。
有书生笑傲，斜阳深处，沧海激扬诗句。
可击节长歌，换得苍天如洗。

书华气自芳

公司研发团队为了《水溶性高分子》书稿的完成，冲刺一个月！

2017 - 2 - 14

凉凉三生不思量，浅浅书屋有星光。
谁言诗酒趁年少，偏是翰墨气自芳。
夜半纵歌情意久，晨曦洗笔铅字长。
灼灼桃花自难忘，郁郁壮志断愁肠。

蝶恋花·矶活暗香渡

"你就是奇迹"节目录制现场，小宇哥小作一首。

2017 - 2 - 25

春愁黯黯惹情愫，陌上依依，相思无尽数。
但得怒樱雕迷途，东风吹落花千瀑。
杜宇声里斜阳暮，搔首踯躅，韶华忍辜负。
拟将相思暗香渡，芳魂一缕知何处。

龙抬头

二月二，龙抬头。

围棋嘉年华开始了，这是难得一见的盛会。马晓春签售，胡天王和香如老师伉俪联手讲棋。各路江湖豪杰齐聚千人大会，还有围棋宝贝。

我和老弟在会场打酱油，自己回家下棋过瘾。小感而诗之。

2017-2-26

春雷惊潜甲，长啸震碧空。
生机焕大地，壮志写九重。
猎猎东风荡，浩浩紫气升。
借得三昧火，喷得向阳红。

土耳其怀古

我首次来到横跨欧亚大陆的传奇国度——拜占庭帝国所在地。我非常激动，仿佛看到千年的沧桑历史迎面扑来。小感而诗之。

2017-3-7

奥匈千年起风雷，欧亚沧桑血与灰。
突厥弯刀帝国泪，拜占烽火几轮回。

水调歌头·博斯普鲁斯海峡大桥怀古

博斯普鲁斯海峡大桥横跨欧亚,北连黑海,南通马尔马拉海、地中海,气势磅礴,历来为兵家必争之地。我来到桥下,感喟万千,遂叹之。

2017-3-9

自古兵家地,欧亚说繁华。
阅尽风霜岁月,黯黯向天涯。
最是异域多情,学贯中西文化,偏向游子夸。
沧海凝蓝黛,鸥翔天净沙。

落霞静,帆影动,意参差。
虎踞三形胜要,危塞变有涯。
谁敢弯刀纵马,看我千年沧桑,血染战士花。
烈士当豪迈,古堡是我家。

春分烟雨三更叹

夜不寐,又到春分小雨,小宇哥于兰室辗转难耐,夜半小感而诗之。

2017-3-20

濛濛烟雨夜已半,凉凉春分画角寒。
半倾琥珀情未满,微醺桃花泪不干。
耿耿不寐三更叹,落落思绪两相难。
何人辗转芳菲乱,何处帝心托杜鹃。
自古壮志多寂寞,从来温柔少伟男。
但得倚天抽宝剑,翻却琵琶信手弹。
沧海明月或可鉴,巫山神女勉承欢。
谁言浪子天涯远,茫茫愁绪欲曙天。

蝶恋花·春光忍辜负

又感春愁,我于川杨河畔踟蹰,见桃李芳菲,杨柳依依,柔波潋滟,春愁寂寂。遂惜春小感而叹之。

2017-4-5

莫始春光忍辜负,
晴丝窈窕,桃李寄何处。
河畔杨柳愁几许,
不许芳菲迷归路。

从来韶华最易老,
柔波潋滟,离恨无重数。
嫁与东风春不顾,
思君原是朝与暮。

春光佐诗章

　　北创营的老师和同学，贡献了专业的球场、球服和比赛，还有许多靓丽的足球宝贝。这次组织的足球比赛一下子唤起了我青春的回忆，想起当年足球场上永远像风一样奔跑的小宇哥。那是长发飘飘、身轻如燕、快如流星、动若脱兔、激情洋溢的小宇哥。那是青春，是芳华，是小宇哥的黄金时代。

　　我昨天进了两个球，今天进了一个球，胜负没关系，进球的感觉仍然那么熟悉，有校园的味道，有泛黄日历的味道，有民谣吉他的味道。虽然不复当年之勇，但我不服老、不服输的天性还在。大家去吃烧烤了，我借机小写一些感想，谨致逝去的青春和记忆。

2017-4-9

十里春光盛，群英吐芬芳。
东风扶杨柳，梨花压海棠。
桃李言不尽，重樱徒自伤。
何当歌一曲，再复少年狂。

咏雪窦寺

北创营四期组织浙江活动,师生前往雪窦寺参访,小感而诗之。

2017 - 4 - 10

江南三月烟雨濛,雪窦应梦寻禅宗。
因缘兴起可放下,一花一叶慰平生。

闻航母入海

作为三线子弟,我总有一种报国情怀!遂兴奋而诗之。

2017 - 4 - 26

欣闻巨龙今入海,天下三分笑颜开。
百年屈辱将军泪,一夕醉卧轩辕台。
甲午烽火恨犹记,南国紫燕去复来。
但得大洋饮铁马,云光天影好徘徊。

贺"创业英雄汇"上海分会成立有感

人生能有几回搏,有志于创业的上海小伙伴们,大家有组织啦,我们一起努力!特小诗以志之。

2017-5-4

欣闻央视传佳音,创业英雄不了情。
愿将丹心向明月,拼得沧海第一名。

战一场

保尔·柯察金说过:"人最宝贵的是生命。生命属于人只有一次。人的一生应当这样度过:当他回首往事的时候,不因虚度年华而悔恨,也不因碌碌无为而羞愧。"
明天属于那些有梦想、有激情的青年,属于那些勇于拼搏、无私奉献的青年。

2017-5-4

玉兰树下倚斜阳,枇杷荫里唤茶汤。
往事历历几回望,征程漫漫一剪伤。
青春譬如春朝露,人生仿若云飞扬。
浮生难得浅吟唱,且把情怀说沧桑。

拼搏

  我正式开启"烧烤"工作模式。周一全天接待两批外宾至夜，周二凌晨四点半出发，再坐大巴加快艇到南海海岛；周三一早飞回；周四白天工作，晚上再接待两批外宾；周五一早去同济参加110周年校庆，中午参加太湖金谷毕业典礼；周六中午回，直接去浦东机场。我至少要消失一周啦，为了理想而努力，为了公司而拼搏！

2017 - 5 - 15

人生恨苦短，拼搏趁华年。
星夜骤驰罢，谁与拭青泉？

同济忆华年

  同济大学110周年校庆，无数学子回校参加这隆重的庆典。我作为2001级的有机合成专业的研究生，为同济的传奇历史而骄傲。我在学校的图书馆、化学楼、三好坞、西北楼等处流连。更想起当年在三好坞里发呆的青葱岁月。小感而诗之。

2017 - 5 - 20

重游同济忆华年，三好坞里有情天。
犹忆十载风与月，西南楼外不得眠。

金谷同窗谊

我在太湖金谷毕业啦,可敬的新三板老大们,我们永远是同学!小感而诗之。

2017－5－20

金谷三载同窗谊,小满时节不忍离。
聚若榴火当绚烂,散作晨星最相宜。
执手依依杨柳绿,情思切切风潮起。
劝君醉罢歌一曲,明朝梦醒泪依稀。

巴西随感（一）

巴西人热烈奔放，基本都是月光族，他们每月的薪水一发就去酒吧逍遥，前半月过皇帝般的生活，后半月就是吃上顿没下顿，最后几天甚至要向亲朋好友借钱过日子。但他们生性乐观，今朝有酒今朝醉，幸福指数远超我们。所以，他们看到我那么拼命时，常常觉得我很辛苦很可怜，非常同情。

后来公司成立，新的战斗人生开始。我把工作重点放在公司的管理及战略上。历经十二年的拼搏，我们国际贸易已经成为公司最重要的一极，但相比其他洲，我们的南美业务尚有欠缺。幸运的是，目前公司国际部人才济济，同行的小帅哥无论是英语抑或贸易实操都远胜当年之我。希望这次前来，我们能克服南美宏观经济不振的困难，将我们的南美业务重新做大做强。

2017-5-24

美洲写春秋

尝忆年少闯美洲，圣保罗港茫茫愁。
单枪勇挑桑巴夏，孤军搏杀智利秋。
欧美巨鳄何所惧，探戈药展逞风流。
忽如一夜春风起，公司红旗争上游。
借问哥伦秘鲁后，谁家浪子意绸缪。
往事历历千帆尽，商海浮沉十二秋。
方喜公司名天下，却悲国贸少美洲。
自负英雄年不老，遂驱精英再从头。
伊瓜苏瀑水流罢，安第斯山意未休。
但得亮剑偿所愿，斩尽楼兰登高楼。
里约海滩浪拍岸，淘尽英雄浩荡流。
我辈岂为纨绔子，弹铗长歌写春秋。

巴西随感（二）

或许老天是公平的，如此富饶的土地造就了热情懒散的巴西人。

繁忙的商务结束，周末我来体验巴西超卓的大自然。

金刚鹦鹉，大嘴鸟，我来啦！

时隔十五年，我再次领略伊瓜苏瀑布雄伟壮丽的美景，这是世界最大最震撼的瀑布群。

我当年在阿根廷境内游览，骄傲的探戈朋友告诉我，百分之八十六的瀑布属于阿根廷。这次从巴西上游观看，景色确有不同。

大雨汹涌，掺杂浓厚雾气，感觉别有情趣。须臾，阳光升起。七色彩虹从"魔鬼"喉部飘出，美轮美奂，似幻似真，大自然神力不可言状。

时光如水，弹指红颜老。流年似水，但山光水景依然。

十五年后再次领略它的壮观与神奇。夜不寐，小感而诗之。

2017-5-28

伊瓜苏瀑布怀古

几回魂梦谁与共，宇宙洪荒雕神工。

雪龙嘶鸣震天际，银河浩荡落九重。

万马齐鸣腾巨浪，彩虹飞卧贯长空。

雨泪滂沱思过往，犹恐相逢是梦中。

伊泰普大坝之叹

今天一早杀向伊泰普大坝，这个雄霸世界四十年的超级水利枢纽，它可是1970年代的产物。长叹！我只能感喟，上帝太过于眷顾这块神奇的国土了，只有它有资格如此挥霍上帝的恩赐而无畏。小感而诗之。

2017-5-28

巴拉河畔立绝壁，钟灵造化写神奇。
截断巫山多云雨，浩劫生灵传消息。
晴空窈窈风乍起，怒涛汹涌盼归期。
问君可得愁几许，无复鸿雁计东西。

雅思小感

炎炎夏日，我家胖妞雅思剪毛啦，妙变瘦身小美女。

它大大的拉风耳朵，全身纯正泰迪棕毛，小胸脯还有白毛一撮，它芳华绝代，艳冠小区犬界。唯一不足是它不吃狗粮，抢占饭桌要吃薄荷叶煮水饺，还要喝苏打水。它撒娇卖萌，不达目的绝不下桌。对它万千宠爱而小诗之。

2017-6-7

千娇百媚理新妆，轻呵细护夏日长。
佳人春盛当怜爱，与君共醉温柔乡。

守襄阳

  我再次千里征程返回襄阳,每次的感觉都如此亲切。看到雄伟的古城墙、长长的护城河、清澈的汉江水和美丽的长虹大桥,我总有一种激情和欣喜充盈在心中。小诗两首以志之。

2017 - 6 - 14

守襄阳
最是乡音不敢忘,言有郭靖守襄阳。
黄酒饮罢侠义重,可得黄蓉共守疆。

望长虹桥有感
却喜晴川桥上望,江天浩浩水茫茫。
但得征帆千山过,白云尽头是故乡。

郭靖守襄阳

我难得偷闲回襄阳陪老爸过父亲节,节日也可洋为今用。遥思我襄阳之千年盛史,友人好奇为何郭靖守襄阳及小郭襄姓名典故,开心小诗之。

2017 - 6 - 15

炎炎盛夏汉水绿,古墙红影久徘徊。
云影天际思绪窈,何处郭靖守城来。

忆风流

"上海十大青年创业先锋"在黄浦江畔再聚首,三年一刹那,感动而小诗之。

2017 - 6 - 17

最是先锋忆风流,黄浦江畔茫茫愁。
携手创业有血泪,聚首畅饮争上游。
几番风潮写壮志,一腔热血倚高楼。
但得英雄当图醉,碧海深处好乘舟。

再别襄阳有感

再见,襄阳;再见,大虾;再见,"这里香"。临别之际,情依依,小感而诗之。

2017 - 6 - 17

未惹相思别襄阳,可有佳人牵愁肠。
汉水悠悠潮未涨,杨柳依依情偏长。
蓝桥一夜惊鸿梦,别处咖啡这里香。
嗟吁太息兼怅惘,从此天涯最难忘。

南海罗汉倚云栽

征尘未洗，我们就和海军兄弟一起顶烈阳，披月光，在幽密的山林中查找水源，在简陋的蓄水池丈量体积，取水样，在虫蚊叮咬中设计方案。整整三天，我们和海军战士吃住在一起，结下了深厚的友谊。最后，我们在水源地的初始净化及防护，一级、二级蓄水池的药剂杀菌净化设计，消毒管路的安装，终端净水器的安装调试等工程全部胜利完成。我们用最经济的成本设计出了最优质高效的净水解决方案。

海岛条件极其艰苦，在安装调试公司净水器和灭菌器时，原有管路需要焊接，电源线需要钻墙孔。可爱的海军战士在缺少工具的情况下挥汗如雨，硬是利用现有的改装工具和我们一起完成了安装。最后一个螺丝完成时，已然是皓月当空，露天架设的探照灯亮如白昼，五星红旗高高飘扬，分外绚烂！看着激动的战士们，我不由得心潮澎湃，小叹而诗之。

2017 - 7 - 27

愿将情怀付沧海，一株心花向阳开。
为报家国深深爱，遂驱南沙疾疾来。
戍岛男儿多豪迈，明月流光几徘徊。
何惧清辉减风采，却看罗汉倚云栽。

南海风云

七月流火,南海风急。在某特种海岛海军站,公司用自己的高科技水处理一体化解决方案为驻岛官兵带来甘甜的直饮水,其独创的技术确保了海岛的水质高于瓶装纯净水。

公司不求回报,无私奉献,用真心与激情支持我们的海军,支持我们的子弟兵。

2017-7-27

南海风云荡,
壮我赴远疆。
情何托日月,
意却佐天光。
人生当微窈,
涅槃向远方。
红旗漫卷处,
健儿最激昂。

北创营延安毕业有感

  我从 21 号开始马不停蹄，从上海到深圳，到珠海，再到南海某岛。暂时小返上海接待重要领导考察及学习，凌晨一点半休息，四点半起床再赶赴西安、延安。预计 8 月 1 日晚才能回到上海，很是辛苦。

  十二天时间参加三场重要的活动，两场学习，三个接待，九场会议。还要完成一篇论文修改，一篇撰写。平均休息时间每天五小时。

  于延安宝塔畔、延水河边感而诗之。

2017 - 7 - 31

高山仰止水流长，德才修习著华章；
未若霓裳费思绪，般若乾坤任飞扬；
借得丹青三百丈，谱却桀骜一米光；
今向宝塔不忍别，觥筹怒罢最激昂。

青年湖畔几度秋

  时隔两年半，我再次来到青年湖畔的化工出版社，郭社长还是那么帅气谦和，两位女编辑非常有实力，她们都是高分子专业的资深专家，化工出版社的团队实力绝对是一流的！真心感谢我们的谷理事长，他作为原化工部的老领导仍然战斗在第一线，给我们以动力和激情。我们在郭社长的荣誉墙下合影留念。时光如水，近三年的时间一晃而过。我们当初商议的学术专著编辑工作已近尾声，我相信在大家的努力下会创造一段水溶性高分子行业的奇迹与辉煌。

  在外馆斜街中化化工科技研究院，我再次和协会老领导谷老合影。从青葱岁月到华发初长，心不老，志激昂，我要向老前辈学习。

  小感而诗之。

2017 - 8 - 11

可叹时光如水流，青年湖畔几度秋。
愿将精血融翰墨，何妨长啸逞风流。
岁月悠悠人未老，文字汩汩不言愁。
但得青云凌壮志，换却缪斯写温柔。

旅途思家有感

  又是战斗季。我匆匆由北京杀向南海，经历种种颠簸后终于星夜返家。小宇哥在上海打拼二十二年，始终买不起房，把所有的收入全投入公司。但谁想一晃就是二十多年。现在倦鸟归林，游子思家啦。小感而诗之。

2017 - 8 - 14

但辞京师向南海，从来绚丽生夏花。
夜雨魔都荼蘼下，谁人挑灯候归鸦。

痛斩长发之感叹

  小宇哥纠结数月,终于痛下决心彻底剪掉这"三千烦恼丝"啦。我现在已经留了长长的尾巴,还用橡皮筋扎了起来,过足了文艺青年的长发瘾。但现在公务应酬众多,公司形象必须需要考虑。无数友人的建议终于化为无形的压力。也罢,痛剪之,特留照以志之。

2017 - 8 - 19

    红尘自古多烦忧,譬如长江天际流。
    长发三千留不住,化做相思更添愁。
    自君之傲兮,发如柳。
    自君之愁兮,发如斗。
    自君之绝兮,天地泣,发已休!

征程起之迪拜抒怀

我凌晨四点出发,迎接迪拜的黎明。再见,上海的早晨。小感而诗之。

2017-8-21

征程起,抒胸臆,
丈夫傲世当雄立。
为将梦想换日月,
何妨秋风早来疾。
繁星涌,海潮起,
大鹏一去三万里。
扶摇九霄摘明月,
弹铗长歌会有期。
人生当得酩酊醉,
但得霓裳歌一曲。

长空心零落

飞临阿拉伯海,思平生之情海颠簸,郁郁然。遂于万里云海小感之。

2017-8-25

长空一洗心零落,残梦半晌魂消磨。
巫山阅尽风掀浪,情海颠沛水扬波。
清愁黯黯羁思绪,相思缕缕叹蹉跎。
铅华洗尽柔肠断,可得红拂好放歌。

阿瓦里酒店有感

我在阿瓦里酒店仔细欣赏巴铁的文化展示。南亚异域的艺术感、莫卧儿王朝的神秘、东方古国的茶韵和伊斯兰的精髓,精彩纷呈,叹为观止。

于碧波池畔小感之。

2017-8-27

异域精粹禅心动,
天然雕琢去神工。
千山阅尽流宗里,
一泓碧池融其中。

老爸购表小叹

  我难得陪父母在张江长泰广场小逛,老爸展示重金所购的豪表。老爸平时省吃俭用,夏天不开空调,哪怕襄阳的酷暑再烈也不怕,说省电费。冬天滴水成冰也不开空调,说省电费。但老爸爱好古董,爱好收藏,更爱好豪表。瑞士的依波表,德国的自鸣钟,日本的精工表等信手拈来。他每次出手不凡,要买真品,绝不还价。我每次心都在滴血,感觉哄老爸像哄败家的炫富女朋友。关键老爸是鉴赏及修理机械表的高手,赝品根本哄不了老爸。

  看来我只好戒肉三个月啦。只要老爸高兴,什么都值得。小感而诗之。

2017 - 8 - 31

张江偶偷闲,长泰人如烟。

慈父试豪表,潇洒不问钱。

下象棋有感

我周末宴请亲朋,老爸抖擞精神,大展棋艺。先战新锐小张,再战小宇哥,不,小宇儿。连胜数人,春风满面。开心小诗之。

2017 - 9 - 2

葡萄架下起风云,
楚河汉界父子兵。
车卒冷招乾坤倒,
仕象争先九宫平。
炮打双将夺帅印,
马踏连环好将军。
棋酣不觉暮色浅,
遂约明朝战三巡。

夜半奋笔有叹

小宇哥开启疯狂写作模式啦。

到底变成九头鸟、九尾狐还是八脚章鱼够用呢?我感觉自己变身千手观音才成。这一切,得在工作之余进行。黑夜,给了我黑色的眼睛,我却看不到光明。

小感而诗之。

2017-9-5

夜半清茶疾奋书,文曲明月写有无。
但得红粉添香罢,不爱江山爱美人。

安吉草原有感

公司团队一行五十人,浩浩荡荡赶赴浙江安吉秋游加团建。我们于安吉草原举行篝火晚会,群情激昂,小感而诗之。

2017-9-9

安吉草原白露凉,飒飒篝火伴星光。
几处秋草何寂寞,一颗丹心最激昂。
从来征途滔滔浪,化为人生浩浩伤。
半倚菩提半回望,彩云归处尽沧桑。

安吉篝火晚会有感

公司狂欢夜,举行篝火晚会,唱歌跳舞,还有各种搞笑游戏,最后有四名员工的"生日惊喜"。晚会圆满结束,我回去下棋尽兴。

2017 - 9 - 10

安吉秋夜白露落,
公司游侠尽放歌。
狂饮浩浩纵乐舞,
言笑晏晏好消磨。
谁家醉君扑篝火,
何处钢管送眼波。
更得情郎向天诉,
年年今夜款款说。

葡萄架下品茶赏月

难得与家人小憩，石凳茶暖，葡萄风凉，我小感而诗之。

2017 - 9 - 17

葡萄架下秋风凉，淙淙清泉映月光。
一瓣榴籽品追忆，半盏绿茶思故乡。
石径幽幽私语短，庭院深深情意长。
但得天伦最向往，换却二老好安康。

汉江花嫁女有感

拜见家乡友人,我于丹江口汉江畔见花嫁美女小感而诗之。

2017 - 9 - 21

汉水鸭头绿,伊人试花衣。
踌躇徘徊久,桂子传消息。
借问谁家女,嫁与何人妻。
折枝成连理,梳妆候佳期。
颔首且笑许,挥手两依依。
青山含远翠,落霞映涟漪。
水禽栖短棹,情思寄长堤。
俄尔华灯上,秋风人独立。
天河郁郁女,可傍玉人西。

嘉兴秋分节

　　我昨夜凌晨由襄阳回上海，今又匆匆赴嘉兴。半月急行军战斗模式开启啦！小感而诗之。

2017 - 9 - 24

昨辞襄阳不忍别，今向高铁偶小歇。
申城红楼南湖月，嘉兴风雨秋分节。
征程漫漫沧海血，情思渺渺双栖蝶。
吟罢站台灯明灭，可得伊人共皎洁。

南湖国科创联成立有感

星耀南湖，情满嘉兴。国科创联正式成立啦！
激情创业，科技报国！我小感而诗之。

2017 - 9 - 25

南湖群英荟，星耀嘉兴厅。
科技冠华夏，双创烁古今。
心潮逐云涌，壮志侧耳听。
愿借东风劲，摘得明月心。

南湖国科有感

小宇哥荣幸当选全国科技创业领军联盟首届副理事长，我会殚精竭虑，尽心尽力为打造中国的科技领军联盟而努力！小感而诗之。

2017 - 9 - 25

欣闻国科传佳讯，嘉兴群英喜相迎。
愿吐碧血搏一战，涤却征尘写古今。
宝船红旗风漫卷，南湖清秋雨打萍。
狂歌荡气踌躇罢，赤子炳炳不了情。

夜梦渔人码头

秋风秋雨愁煞人。方别南湖，我又匆匆踏上征程。这次我要远征美国，希望公司能早日开拓美国市场，小感而诗之。

2017 - 9 - 25

淫雨霏霏惹离愁，经年飘泊几度秋。
才辞南湖曲城柳，却向西洋明月楼。
棕榈树下情何在，渔人灯火浪未休。
忽如夜梦萦思绪，何处伊人正梳头。

宇宙岛大畅想

夜飞美国，我于万里高空思绪狂放而诗之。

2017 - 9 - 27

我在万里高空飞翔，
漫天的星斗燃起忧伤。
不羁的思绪无际无往，
浩窈的天河诉说悲凉。

可在柯伊伯带眺望，
螺旋臂上几度悲凉。
黑域死光的绝望，
半人马座辽阔的清霜。

可在比邻星上冥想，
哪里是宇宙的洪荒。
哪里是终极的渴望，
哪里是浪子的情伤。

任那量子的纠缠，
三生三世的迷惘。
任那灵魂的飘荡，
依稀前世的模样。

在这天鹅星上飞翔，
离子风炽热而倔强。
霍格的死亡之眼啊，
可将浪子的今生照亮。

睡美人的红晕在消长，
暗物质的星盘在远殇。
海豚在长蛇星系惆怅，
游子在黑洞挣扎绝望。

可这游子心在飘荡，
可这游子情在热狂。
可这游子在仙女座高高飞翔，
宇宙岛上铭刻着永伤。

拉斯维加斯"赌城"之叹

我在"赌城"皇家巴黎酒店看《三生三世十里桃花》,真是不一般的享受,这个冲击实在太大了。一边灯红酒绿,一边柔情款款。

我还是蛮感动这个九尾小凤九,割了尾巴去三生石刻东华帝君的名字。

其实,完全不用嘛,内容大于形式,心动即可,为什么非要刻字呢?不如刻小宇哥,好记又好听。我总感觉这个毛茸茸的尾巴在挠心尖尖,哈哈。

小叹而诗之。

2017-9-27

谁言拉斯皆赌性,灿灿大道竞风情。
迪拜豪奢法兰秀,罗马文明耀葡京。
凯撒宫外光溢彩,巴黎塔上月分明。
更得歌舞三更后,夜夜笙歌宴太平。

凯撒宫里可销魂

三天的洛杉矶药展收获颇丰,我和诸多客户建立了联系。我充分利用所有的时间和客户沟通、交流。我也非常高兴和小凤同学相聚。他带我游历了洛杉矶最著名的艺术宫殿,收获满满。艺术与博彩原本可以如此融合,令人大开眼界。小叹而诗之。

2017-9-29

暂解征鞍夜已深,凯撒宫里可销魂。
艳姬舞低萨斯曲,烈焰酒熏落魄人。
百乐宫外何寂寞,埃菲塔畔恰思春。
秀罢丽姝回眸问,半为揶揄半为真。

旧金山的情思

  我又来到了旧金山,这是我最喜爱的美国城市,也是我当初来到美国的第一站。我感觉它像极了一洋之隔的上海。或许,乘一艘帆船任意漂流,就可以从中国的南海到达这里吧。旧金山著名景点有:金门大桥、渔人码头、九曲花街、唐人街、恶魔岛、天使岛、金银岛、金门公园、市政中心、旧金山艺术宫、阿拉莫广场、双子峰、北滩等。斯情斯景,令人感叹不已。我于渔人码头海边小感而诗之。

2017 - 10 - 1

背着诗囊去远方,
带着吉他去流浪。
那金门桥的风,
吹过多少岁月的沧桑。

渔人码头的灯,
照亮多少落寞的愁绪。
九曲街的玫瑰,
可知伊人远去的方向。

双峰山的橡树,
空留下浪子的惆怅。
艺术宫的石柱在诉说,
天鹅湖的秋虫在吟唱。

青春的记忆成绝唱,
浪子的柔肠变倔强。

任那岁月的风铃在吹响，
一声声敲打在心房。

打碎年少的狂放，
磨砺浪子的放荡。
任那浪子的长发变模样，
丝丝青发染白霜。

扑灭曾经的梦想，
重塑勇者的激昂。
看那海水正消涨，
看那轮回相思长。
看那湾区千帆过，
看那明月千里诉衷肠。

背着诗囊去远方，
带着吉他去流浪。
流浪海风拍海浪，
迷失伤心太平洋。

加州的海岸线

  结束商务会议,我沿着长长的一号公路从旧金山自驾去洛杉矶,想起音乐《加州旅馆》,偶感而小诗之。

2017 - 10 - 5

走在一号公路的秋天,
沿着长长的海岸线,
海浪拍打着海面,
海风拨动着心弦。

走在一号公路的秋天,
海鸥的鸣叫你可听见。
寂静的沙滩绵延,
长长的栈桥无际无边。

走在加州的海岸线,
身边掠过茫茫的思念。
可记得那年的夏天,
加州旅馆的金唱片。

谁拨动了和弦,
谁凝固了时间?
谁留下了照片,
谁永驻了容颜?

落霞映在天边，
相思却上心田。
这长长的海岸线，
这绵绵的白沙滩。

相思不如相见，
相见不如怀念。
怀念总是晴天，
转身却成永远。

这加州的海岸线，
这似水的流年，
如花的美眷。

就在加州海岸流连，
就在一号公路喟叹。
流连在加州的秋天，
喟叹在加州的海岸线。

戏花荫

  我难得偷闲，打理小院。小鹦鹉回来啦，灵光四射，冰雪聪明。七彩鸟儿乖巧可爱，色彩斑斓。美人蕉风姿绰约，独占风情。小雏菊，三角梅，黄金梅，五色梅，木槿花，各种鲜花绽放，冬红果嫣红美极，花蝴蝶也来凑热闹啦。我爱极了这生机盎然的小院，精心打磨不到半年，已是草木深深、鸟语花香。小感而诗之。

2017 - 10 - 7

庭院深深诉风情，蝴蝶翩翩戏花荫。
美人蕉旁冬红果，七彩鹦鹉可识君？

水调歌头·武汉咏志

感谢湖北家乡领导的盛情邀请,我为武汉百万学子"看武汉"活动做创业分享。有感大武汉之崛起,我于湖北大学小感而记之。

2017 - 10 - 11

人生当奈何,汉水扬清波。
可得击节中流,睥睨向天歌。
阅尽江城繁华,更叹九省通衢,荆楚才俊多。
雄关正漫道,风流凭谁说。

归帆近,星汉远,怅寥廓。
激昂如斯,天涯英雄自吟哦。
欣喜百万学子,飞扬青春笔墨,热血绘天河。
奋起凌云志,环球同凉热。

喜来登酒店有感

谁能猜到这是哪家酒店?浓郁中国风扑面而来。美轮美奂,古色古香。在江南水乡风情外,竟还有楚文化图腾及器具。民族的就是世界的,诚然,为喜来登喝彩。

2017 - 10 - 13

喜来登里上高台,
何处嫁娘羞颜开。
鸣凤麝鼓暗香久,
楚风汉韵扑面来。

大国重器叹

我有感于签订压水实验协议,历经三年的实验与尝试,我们终于完美解决核电领域的废水处理问题。

2017 - 10 - 17

大国需重器,核水铸神奇。
盛世当雄起,寰宇谁能敌?

《水溶性高分子》出版有感

  我手捧《水溶性高分子》，感喟万千，三年半的编写时光历历闪现，各种挫折、磨难、各种艰辛、意外一一涌上心头，化作盈眶的热泪。
  人生仅此一次，必不负青春不负志向。
  一百五十万字，无数个日夜的煎熬，二十五个编委的奉献与拼搏。
  心潮澎湃的我于会场激昂诗之。

2017－10－18

茫茫人生谁注定，漫漫征程意不平。
敢叫日月换天地，誓将碧水成战兴。
耿耿长夜叹宿命，悠悠情思更始新。
一腔热血东风起，扭得乾坤任我行。

自古英雄多磨难

我凌晨由银川飞回上海,四小时后神采奕奕去参赛。
东方财经现场颁奖仪式:
小宇哥荣获 2016 年上海科技成果转化十大先锋人物。
公司荣获 2016 年上海科技成果转化百佳企业奖项。
双喜临门,小宇哥激情演讲。
十二年磨一剑,不忘初心、砥砺前行!
小感而诗之。

2017 - 10 - 20

自古英雄多磨难,一十二年泪不干。
几番泪尽黄浦畔,一朝梦醒上海滩。
壮志未酬千帆尽,沧海横流一肩担。
但得天公偿夙愿,寄取明月共婵娟。

爱宠逃跑小感

  我出差归来，小院仍旧，宝贝们却横遭浩劫。散养的小鸡、水池的锦鲤和金鱼不见踪迹。经排查，隔壁狸花猫偷了可怜的金鱼和锦鲤，痛甚。

  两对红嘴绿鹦鹉和七彩鸟儿失踪，鸟笼完好，可鸟儿不在。我最终排除大猫嫌疑，原来是聪明的鹦鹉通力合作，它们打开了鸟笼的底盘成功逃脱。更为郁闷的是，我察看监控，两只大鹦鹉竟然颇具大侠情怀，自己逃脱不算，还"英雄主义"泛滥，帮七彩鸟从外面打开鸟笼，小巧玲珑的七彩鸟儿也逃了。小家伙唱着歌快乐地走了，空留一脸懵圈的雅思和归家一脸伤感的小宇哥。

  别了，鹦鹉和七彩鸟儿！别了，大金鱼！欢迎回家做客！小感而诗之。

2017 - 10 - 22

    经月归家霜露浓，小径芭蕉戏晚风。

    不见鹦鹉临水照，空余翠羽坠金笼。

赴欧小感

创业是不归路，创始人永远是逆水行舟，不进则退。再好的公司，或许都有过不去的坎，都有猝死的可能。危急时刻，创始人一定要意志坚定，只有这样，公司才能起死回生，创始人才能带领团队回到正常的轨道。

回想当年，恍如昨日。斯情斯景，历历浮现眼前。

或许公司相比其他巨头还差太远，但我们努力，我们拼搏，我们对得起自己的付出与坚持。如此，足矣。在我们的短短一生中，我们做出了自己最闪光、最骄傲的事业。我们公司的团队，不是最强大的，但一定是最努力的。

征途漫漫，我们还有无数的困难、不足、打击与挫折。但这没什么，我们会披荆斩棘，我们会勇往直前。只要公司的团队在、公司的精神在，我们一定会实现我们的梦想！

特翻出当年的诗作，仅作思旧之感喟。

2017-10-23

恼人的秋风

这恼人的秋风，
将谁的发丝吹动？
渲染出丹露红枫，
倒映秋水盈盈中。

这恼人的秋风，
将谁的思弦拨动？
坐看夕阳晚照处，
聆听归鸟伴晚钟。

这恼人的秋风，

那红尘紫陌可懂?
回望沧海精卫,
凝睇蓝田情衷。

多少铭心的苦痛,
雕刻时光永驻的感动;
打叠命运的捉弄,
挥洒出长相守的始终。

叹韶华匆匆,
叹蝴蝶迷梦。
终不是奈何桥的长空,
唯愿是三生石的迷蒙。

任那流年画堂东,
任那断桥可相逢。
任那相思不相忆,
任那前尘换今生。

这恼人的秋风,
这恼人的秋风。
魂飞千山外,
神思谁人懂?

可有造化的神工,
凿出离恨千万重。
纵岁月正消长,
纵青春无影踪。

纵缠绵成追忆,

纵寂寞锁梧桐。
纵这秋露初凝霜，
秋云伴惊鸿，
秋草傍衰杨，
秋愁满长空。

可是这恼人的秋风，
依依于长亭畔，
绵绵于古巷中。

可有千种风情，
万般滋味，
把酒相送，
随影匿踪？

看明月正当空，
有彩云追飞鸿，
有星河映苍穹。
看韶华正嫣红，
叹命运多捉弄，
叹诗文傲人雄。

可许我三千岁月，
淘尽浩浩华夏英雄，
纵情秦淮河畔，
遍插杨柳红笼。

舞罢环肥燕瘦，
谱尽春夏秋冬。
看韶华更嫣红，

看江湖我独行，
可借得弱水千寻，般若清澄？

可开辟鸿蒙，
可试遣愚衷，
可挥动情丝正汹涌，
桑田变香冢。

可笑傲塞纳左岸，
消不尽风月情浓，
却徜徉德尼酒苦，
流连荷丹佳人。

最是那回眸处，
秋色染欧林，
磨坊羁情种。
却是那断肠时，
罗马有假日，
米兰无情空。

这恼人的秋风，
我在红尘之中，
伤情处，恨不能，
悲情处，谁与共？

尘缘几曾悲

  法兰克福是德国工业重镇、世界的会展中心之一，会展经济是其重要支柱。CPHI世界原料药展肯定少不了它的参与。欧洲的世界原料药展会基本上在巴黎、法兰克福和新德里轮流举办。每年的十月，全球上万家展商及参观者如候鸟归巢，咸集于此。欧洲药展也是全球医药界最盛大、展商及访客质量最高的展会。公司受益颇丰。我再次来到美因河畔，感叹万千。小叹而诗之。

2017 - 10 - 23

尘缘几曾经事悲，啼笑何由西向飞；
桐散秋阳花溅泪，风吹心霾雨沾灰。
星汉窈漠谁与醉，情思激越君可归；
荷丹苦咖今相忆，德尼美啤几轮回。

思长发有感

　　在歌德广场小憩，我真心发现还是长头发好，连商场橱窗模特鹿小姐、鹿先生都梳起麻花辫了，我小感而乱诗之。

2017-10-25

君谓长发不可留，
青丝三千多烦忧。
譬如心魔乱清静，
春花秋月俱是愁。
君谓长发不可修，
莺莺燕燕满画楼。
忽如秋风扫落叶，
棒打鸳鸯惊白鸥。
君谓长发不可守，
长夜佳人形容瘦。
菱花镜里红颜老，
红绡帐外叹风流。
思悠悠，恨悠悠，
长发已逝空余恨，
斩尽情缘泪掩眸。
思悠悠，叹悠悠，
斩尽相思写红豆，
天涯明月竞扁舟。

法兰克福奇遇

CPHI 世界原料药展结束,我在密密麻麻的展商中坐错了车。也罢,将错就错,趁机赏法兰克福夜景!小感而诗之。

2017-10-26

法兰有奇遇,美因泛星光。
明月可有意,送我归故乡。

再别美因河

再见,美丽的法兰克福!再见,温柔的美因河!CPHI 展会胜利结束,我特来告别这美丽的美因河,再见又要等三年后啦。小感而诗之。

2017-10-26

美因独钓一池秋,红叶萧瑟万古愁。
长河落日归帆远,载尽相思不尽流。

英国小叹

  我从德国飞伦敦,短短两小时,入关却严谨细致。我买票时不小心掏出欧元,高鼻秃头的英国绅士立刻不高兴了,用后鼻音哼出英伦纯正爆破音,我们不收欧元!我吓得小汗涔涔,急忙道歉,急急捧出女王钞奉上。

2017 - 10 - 27

英伦叹

自古英伦多孤傲,
千年帝国逞英豪。
横眉不屑欧盟鄙,
扪心只为女王骄。
维珍石阵伦敦眼,
亚瑟霍金叹息桥。
莎翁风流不言老,
天涯明月共逍遥。

难忘的一天

  在英格兰美丽的小镇和英国老朋友戴维叙旧。世界什么都会变，人会变老，照片会泛黄，但情义无价，真爱永恒。

  戴维非常开心我千里迢迢去看望他，他衷心祝福公司有更好的发展！

  英国老绅士冷傲的背后是赤热的心、诚挚的情，照相时他满眼的柔情与关切。

  在他的庄园小憩，天气晴好，秋阳温煦，一切都那么静好！这样温润如玉的英伦绅士将来会越来越少。

  乘两小时城铁回到伦敦，我一下进入了另一个喧嚣的现代世界。莱期特广场旁边是我家乡地界，这是回到主场的感觉。我照例去影院看电影，又悲剧了，又被包场了，难道小宇哥的品味真如此特殊吗？

2017 - 10 - 28

绅士温如玉

英格兰郡寻旧游，弹指不觉十五秋。

犹记绅士温如玉，今叹韶华竟白头。

秋阳橡树说情义，壮志凌云叹风流。

披头甲壳何处是，泰晤河畔点点愁。

《银翼杀手 2049》观影有感

其实，我想说，未来人工智能不是虚拟人像及钢铁侠。有血有肉有情感的，还是咱"水溶性高分子"！

结束工作，我准备美美长睡到天荒地老。辗转长叹小诗之。

2017 - 10 - 28

英伦有佳人，绝美倾人城。
惜为虚幻影，无以报君恩。
明朝郁郁去，情缘幻泡影。
春梦不得见，从此成路人。
感此仙姝义，长叹又三更。
耿耿明月夜，迢迢织女星。

再别伦敦有感

难舍英国,我再次来到泰晤士河畔,从大笨钟走到伦敦眼,再到伦敦桥。无数的思绪纷至沓来。我小感而诗之。

2017 - 10 - 30

大英临别际,牵衣久徘徊。
秋风添思绪,枫叶写情怀。
伦敦风情录,泰河画角哀。
挥手自兹罢,惊鸿梦中来。

佛肚轩有感

我周日陪央视"创业英雄汇"节目制片人闫老师考察非物质文化遗产佛肚轩,徜徉于艺术殿堂,感受中华传统竹编工艺之精妙。小感而诗之。

2017 - 11 - 5

中华有国粹,恩师气质芳。
竹丝编经纬,流金飞短长。
青春织祈望,情愫印沧桑。
莞尔博一笑,谱就华烁章。

半倚斜阳半倚门

我午后小憩于 M50 创意园。于导半倚于斑驳的铁门前,景美人靓,岁月静好。闫老师建议我:以恋爱中的少女为题,创作小诗,结题要突出创业,体现正能量。我遂欣然诗之。

2017-11-6

半倚斜阳半倚门,
何家女儿正伤神。
岁月静好揶揄问,
铁门斑驳恰销魂。
从来壮志多苦闷,
最是创业少同仁。
感恩央视师恩重,
江南相会笑迎春。

聆听静安寺慧明大和尚开示有感二首

感谢友人程丽引荐,我与静安寺大和尚慧明结缘,聆听佛学教诲,小感而诗之。

2017 - 11 - 7

佛门深似海

佛门深似海,五色莲花开。

明镜亦非树,何处染尘埃。

古刹风欲静

千年古刹风欲静,菩提树下聆梵音。

借问舍离可放下,度得苦海不认君。

怎奈时光太匆匆

金秋十月,大雁南归。秋风乍起,叶簌簌而下,我顿起莫名愁心。遂小叹而诗之。

2017 - 11 - 10

怎奈时光太匆匆,

欲付情衷,不负由衷。

江湖飘摇四季风,

却叹情缘始空空。

却怕朦胧,终得迷蒙,

天涯星月好兼程。

临港公司项目竣工有感

十二年一刹那,新建项目为公司的发展打下了坚实的基础。看着满心欢喜的员工,我心潮澎湃,小感而诗之。

2017 - 11 - 10

一十二年路不平,恰闻临港传佳音。

建得高楼多少泪,涤荡胸怀雀跃行。

东海潮涨花初盛,张江风荡人有情。

但得立马歌一曲,姹紫嫣红慰吾心。

夜半归家有感

我行走在黑漆漆、没有灯光、没有人烟的归家路，别有一番豪情。
秋风清，秋月明，秋虫呢喃伴君行。
小叹而诗之。

2017 - 11 - 13

冬初雨初霁，夜深奔波急。
雁归华灯上，可复计东西。

男儿志

  人总要有梦想，总要有把童话变成现实的执着。人生当豪迈，人生当激昂，人生如此短暂，一定要有所作为。当有一天，自己能被自己感动时，这一生就不会白过，就可以骄傲地说，这世界，我来过。无论过去多少沧桑，那份骄傲和荣耀可以与天地同在，与日月同光。被自己莫名感动之余而诗之。

2017 - 11 - 16

男儿志，天知否。浩浩劫，茫茫愁。
沧海心，明月楼。杨柳岸，天际舟。
男儿泪，可弹否。云渺渺，水悠悠。
风云荡，猎猎秋。人不老，竞风流。

屈原祠有感

  我翻阅上周在三峡屈原祠所拍的照片,作为楚人后裔,我对楚文化分外崇拜。唯楚有才,诚哉斯言!相较黄河,长江是中华民族南方的母亲河,向偶像屈原致敬!

  想象瑰绚,词藻华丽,气势汪洋,音律优美,构思奇绝,楚辞是上天的礼物,是诗歌艺术的圣殿和瑰宝。《离骚》《天问》《九歌》字字珠玑,篇篇经典,传世!能见到诗祖屈原,足矣!我于三峡畔小感而诗之。

2017-11-17

风浩荡兮凤鼓鸣,情奔涌兮乱吾心。
遥思屈原兮天之问,羁旅徘徊兮自沉吟。
搔首问兮意不平,楚辞瑰丽兮谁与听。
但得巫山兮截云雨,离骚灼灼兮传古今。

华东疗养院拜谒伟人有感

  我再次来到环境优美的华东疗养院。又是一年征战,我难得将心情放飞,小感而诗之。

2017-11-19

神州大地起风雷,
太湖喜迎伟人归。
大箕山上风浩荡,
敢叫日月搏一回。

丈夫万古愁

  蓦然发现，我连续一周没好好休息了，掐指一算，每天凌晨三点睡，六点起，提前过上了猪狗不如的幸福生活。我每天星光闪闪就出门，打了鸡血去战斗，晚上六点半奔驰在中环上，才发现未吃早中饭。人是激情动物，有梦想，有诗，有远方，足矣。遂小感而诗之。

2017 - 11 - 22

  丈夫原应配吴钩，斩尽红尘万古愁。
  黄浦江畔多少泪，淘尽英雄尽白头。

饱暖小感

  感谢大家关心！我全身心工作忘记吃饭，晚上奔到华东师范大学给友人庆生，借机给自己一个大大的奖励，连吃三盘小龙虾犒赏自己。

  暴饮暴食是不对的，早中晚"三合一"真心不好！我目光游离地看着龙虾妹，捧着沉甸甸的大肚子小感而诗之。

2017 - 11 - 22

  丈夫爱美味，海鲜竞婀娜。
  鱼蟹添鲜色，参贝好放歌。
  饱暖思窈窕，聚散恰蹉跎。
  星月可有意，醉卧丽娃河。

关山琥珀杯

　　今天是感恩节，我们最开心的是收到了化工出版社寄来的《水溶性高分子》专著。一百五十万字，上下两部。这本书历经五年规划，三年半的写作，二十六名编委的心血。

　　我看着沉甸甸的专著，心潮澎湃，思绪万千。

　　感恩关心支持我们专著出版的各界领导，还有行业协会，我的亲朋好友，我的老师同学及合作伙伴、国际友人，以及潜伏的各界大佬。感谢大家！

2017-11-23

关山琥珀杯

京沪辗转楚云飞，

关山不倾琥珀杯。

征尘未洗英雄泪，

明月可照彩云归。

拟将壮志图一醉，

何如狂傲搏几回。

酒罢衾寒不得悔，

斩得倚天向阳吹！

沁园春·江南（外一首）

锦绣江南，春寒饮处，奈何风猎；

叹梅香隐隐，冬日浮掠；

浦岸惊禽，帆影绰约。

梧桐不语，钟楼似铁，可得天涯伴明月？

恁凭是，看青芒露处，残阳如血。

从来风流浪打，论江山谁与共明灭？
可有万古愁，伴旷世劫。
气吞欧美，亚非小歇。
弹指挥间，未若冰霜凌落叶。
是耶非耶？问沧海横流，谁为人杰？

霞飞公馆午阳有感

  我在霞飞别墅再次聆听陈亚民教授的上市分享。陈教授绝对是资本界牛人。他为人谦和，影响力超强。最关键的是，他是现代版的"百科全书"！交大安泰校友去美国，大家全被他征服啦！我小感而诗之。

2017 - 11 - 29

霞飞公馆候午阳，
群英思辩泼茶香。
喜见陈老锋芒露，
浅笑扫尽日月光。

生物医药报告有感

  有幸应北京生物中心邀请，我以 G20 学员的身份参加第 21 届北京国际生物医药产业发展论坛，并作水溶性高分子材料在医药领域中的前沿应用及思考的报告。期待水溶性高分子能在生物医药领域中大展异彩！
  应主持人文洁老师邀请，我特赋诗助兴。

2017 - 11 - 30

京师冬阳起风云，生物前沿可谈兵。
水性新药异军起，战兴医疗侧耳听。
拟将壮志托日月，誓言梦想入青云。
但得丈夫无缺憾，斩得楼兰慰吾心。

醉酒叹

  在伟事达，我一天头脑风暴，难得晚上偷闲。同学宴请神农烤滩羊，大啖之。大醉中！小晕而诗之。

2017 - 12 - 1

醉酣乎，觥筹交错视也无。
腾云驾雾三万里，一觉惊醒楚月孤。
酩醉乎，酒席盛宴思白狐。
播风弄月巫山雨，痛哉仗剑笑江湖。
醉卧乎，醒罢豪臆不得哭。
弹铗长歌三更罢，重整河山叹斯夫！

水溶性高分子

  水溶性高分子将是下一个战略新兴产业，但它的应用领域有其严格限制，不可夸大。不然，将来有一天，大家发现，沙子就是沙子，加再多的高分子胶水也变不成土壤，聚乙二醇就是 PEG，再厉害也不能粘神经时，可千万不要怪小宇哥没有提前说明。我们也希望原本平静的水溶性高分子产业不要染上江湖虚假的习气，不要被过度包装，不要被资本及媒体忽悠。

  水溶性高分子就是水溶性高分子，花哨的名词和包装只会让它失色。我也请大家学习下水溶性高分子的概念，再碰到伪科学时，一定擦亮眼睛。

2017 - 12 - 4

今夕何夕，
浪花淘处，
聊抒胸臆。
未若长啸，
青云击千万里！

《芳华》

　　特定的年代，尽管没有诗和远方，尽管善人不被善待，但世道轮回，人间正道是沧桑。刘峰像极了小宇哥，人生的苦难只会让人性的光芒绽放！好人理应有好报。有感刘峰之悲惨遭遇，大恸而诗之。

2017 - 12 - 19

借问峰君几起落，却叹青春去苦多。
半盏芳华可怒放，一片丹心付蹉跎。
英雄落落伤心泪，热血寂寂无言歌。
但得真善不求报，谱得人生当奈何。

环球八万里

我平安夜归来，一年来去匆匆，"空中飞人模式"即将切换，真的好辛苦。
一年飞遍亚非拉。全球各地都留下了公司的烙印。
我此刻归心似箭，迫切想见我的小雅思！
小感而诗之。

2017 - 12 - 24

环球八万里，欧美征战急。
非洲如有意，日澳可稍息。
历历惊魂战，傲傲跌处起。
男儿伤心泪，幻作漫天雨。

《妖猫传》

夜不寐，我严重焦虑。回想《妖猫传》之片断，辗转诗之。

2017 - 12 - 29

花萼楼下问妖猫，可得极乐不早朝。
何处琼液润秀笔，写出美人恰及腰。

襄阳唐城录

我昨夜失眠，今晚发誓早睡，结果狠狠心，十一点上床，可又是辗转反侧，看样子，又要三点后入睡了，一声长叹！我把小院的花木美照翻出来欣赏下，不睡也罢，细赏我大襄阳唐城之绝美雪景！
小感而诗之。

2018 - 1 - 5

江南一夜愁思长，绮梦不觉归故乡。
琼楼玉宇竞妩媚，湖光山色裹素妆。
魂归大唐好冰雪，情萦风流说襄阳。
仲宣楼上谁与共，阳春湖畔恰梳妆。

襄阳汉城录

再梦襄阳。朋友说襄阳不仅有唐城,还有大汉城。我思东汉建武大帝刘秀、阴丽华的旖旎往事。遂应邀而诗之。

2018 - 1 - 5

欣闻大唐风云荡,更喜汉城好风光。
金戈铁马织锦绣,云光天影共徜徉。
几回魂梦寄宫阙,谁家娇娥舞霓裳。
但得丽华同光烈,汉水原是多情郎。

丈夫多磨难

　　昨天一夜无眠。我连续二十四小时无眠无休，连续驱车奔波六百公里。昨天先驱车去宁波，入驻宾馆即投入战斗至凌晨，头疼欲裂。今天早上八点半抽中第一个答辩。好在准备工作做得好，也对自己及项目充满自信，所以答辩非常顺利。

　　因为公司有急事，我再飞奔张江办公室忙公务。整整二十四小时没有合眼，累极。小感而诗之。

2018-1-16

丈夫多磨难，星月赴征程。
千里关山月，一缕不屈魂。
黯黯愁何以，郁郁日西沉。
扪心发天问，沧海浪子心。

朱里夜枕荷

上海真的下雪啦，这是2018年的第一场雪！
在万众瞩目中，上海的雪花姗姗来迟。再不来，真说不过去啦。
小感而诗之。

2018 - 1 - 25

朱里一夜枕残荷，腊八时节水扬波。
放生桥畔煮酒罢，可得英雄向天歌。

平湖雪如烟

我一早去海盐拜访客户，路遇平湖兼雪花飘飞。
我告诉同事，平湖有优美的女妖故事。同事不信，我遂款款道之。
当年宁采臣于平湖邂逅白狐小妖聂小倩。他于兰若寺赠诗一首，小妖爱才，遂成百年之好。
同事听完很惊讶。我遂小感而诗之。

2018 - 1 - 27

偶得平湖雪如烟，一盏风存对月眠。
兰若寺外长相忆，只羡书生不羡仙。

有女初长成

  我可爱的小雅思有栗红色的波浪长发,明眸顾盼,巧笑倩兮,搔首弄姿,于小园踏雪寻梅,扑鞋留情,真的是乖巧伶俐、艳冠群芳啊。小感而诗之。

2018 - 1 - 27

  王家有女初长成,名列艾轩第一枝。
  非为小园寻梅雪,但得蝴蝶慰相思。
  明眸顾盼妆萌宠,红裙摇落向美食。
  但得萝莉同星月,不羡鸳鸯不羡诗。

爱宠寄情

  小雅思泰迪头发太长了,今天来洗澡做造型。小宝贝需精心打妆啦。剪个山口百惠温柔型抑或上官婉儿御姐型?我还真纠结。
  小感而诗之。

2018 - 1 - 28

  为有爱宠寄深情,轻呵精剪梳妆新。
  芙蓉镜里千般好,甜腻萌软醉吾心。

江南残雪

我陪家人去新场镇游玩。见小桥残雪，海棠初绽，遂小感而诗之。

2018 - 1 - 29

江南水乡吴语长，
香雪残桥烹茶香。
借问海棠春几许，
可得相思断人肠。

天涯最相思

夜凉如水，月华流转。我莫名不眠，思念透彻心扉。遂小叹而诗之。

2018 - 1 - 31

天涯共明月，相思恰此时。
广寒桂子树，可得折一枝。

明月盼人归

我又出差啦,征程漫漫,莫名感伤。遂小叹而诗之。

2018-2-2

关山度若飞,江海经日回。
异乡增寂寞,明月盼人归。
雪冷壮士泪,风倾琥珀杯。
嫦娥若有意,长空舞一回。

偶翻荣誉证书有感

整理办公室故纸堆,我翻出好多的荣誉证书。这些沉甸甸的成果,都是公司一步一个脚印走出来的,它们是公司宝贵的内功和无形资产,也是公司的烙印和历程。相信总有一天它会发出璀璨的光芒。小叹而诗之。

2018-2-6

跋涉恒弥久,征战若许年。
非为凌云志,但得曹魏篇。
青山隐古道,流水不争先。
十载图破壁,笑傲白云巅。

小萝莉寄语

可爱的雅思,记住啦:梵高的向日葵有九朵,大孔雀要叫夫人,还有,蝴蝶兰是花不是蝴蝶,只能看不能玩,对啦,泰迪熊是玩具,你不用吃醋啦!难得小憩,陪我的小天使小萝莉喝茶读诗听琴品沉香,小雅思要好好学习,加油!畅想而诗之。

2018-2-7

> 为习温婉着红裳,谦谦修为诗两行。
> 古韵琴曲拨思绪,清花小瓷唤茶汤。
> 海棠院落深深望,黄杨书台郁郁伤。
> 小乞萝莉多上进,不负韶华好时光。

汉江小北门码头怀古

千里归乡,再战襄阳。襄阳城被历代兵家所看重,是中国历史上最著名的古城建筑防御体系之一,也是中国最完整的一座古代城池防御建筑。

我独自在襄阳小北门徘徊。见汉江落日,霞光万里。岸边寒柳含烟,野舟自横。远处雄关锁城,分外壮观。遂小叹而诗之。

2018-2-12

> 雄关古渡锁襄阳,
> 长河落日泛霞光。
> 寒柳潋滟烟波里,
> 野舟横处旗自扬。

米公祠有感

我陪"大才子"老爸巡视襄阳一桥头,顺便点评米公祠书法,看江水滔滔东流去。另外,昨夜馋虫动,夜觅牛肉面,快哉!

注:米公祠,位于历史文化名城襄阳市汉江之畔,原名米家庵,是为纪念北宋书法家、画家米芾而建。米公祠始建于元朝,扩建于明朝,是襄阳市内标志性景观之一。

2018-2-13

江水淘尽英雄泪,米公祠外浪子归。
一盏黄酒添豪意,汉宫秋月燕双飞。

汉水情思

襄阳自古为文人墨客流连之地。我带小雅思在汉江堤散步,不由诗兴大发,遂小感而诗之。

2018-2-14

一曲琵琶寄相思,半盏香茗弄妆迟。
欲伴萝莉同明月,但得矾活写情诗。
江水悠悠杨柳岸,思绪窈窈无尽时。
寄取彩笺调春色,换取伊人知不知。

围棋小叹

能有一辈子的棋友,是人生一大乐趣啊。我在下棋之余,写了一首诗,人生在世,下围棋,思美女,人生之幸事也。小感而志之。

2018-2-14

从来清愁黰际生,为有纹枰赢未成。
几番搏杀多少泪,一点劫数透彻魂。
妖刀凛凛藏不住,妙着郁郁落九尘。
毕竟大江东流去,弈罢却恼茶尚温。

羊祜山思美人

  我在砚山（羊祜山）爬山，春日晴好，游女杳杳，思三国悠悠，想起二乔没人照料，铜雀台空建千年，于在水一方下棋之余诗之。

  注：羊祜山位于襄阳城南，与襄阳仲宣楼隔河相望。羊祜乃晋初名将，曹魏夏侯霸之女婿、大将军司马师的妻弟，曾驻守襄阳，兴学屯田，以德怀柔，深得军民之心，后人为表其功，以此山为其命名。

2018-2-15

羊祜山下晴方好，芦苇荡里情思杳。
空忆铜雀云深处，一抔香土长芳草。
可得佳人年正少，瑶琴抚罢恨春扰。
锦瑟无端弦有裂，沧海有泪月初早。
但得英雄同风月，不辞朱颜为君老。
忽报逐鹿烽火里，大江淘尽魂飘渺。
菱花镜里神渐憔，芙蓉帐寒忘前朝。
在天愿为绛珠泪，在地愿为比翼鸟。
巫山风云渡蓝桥，夜梦不许忆秦箫。
东风本是无情物，闲花逐水思二乔。

仲宣楼怀古

　　仲宣楼位于襄阳城东南角城墙之上,为纪念东汉末年诗人王粲在襄阳作《登楼赋》而建,因王粲字仲宣故名,又名王粲楼。大年初一我攀登阳春湖畔仲宣楼,思三国名士,叹天地悠悠,小感而诗之。

2018 - 2 - 17

为慕魏晋真风流,
襄阳古城好寻幽。
阳春湖暖寒烟柳,
王粲赋傲仲宣楼。
高台晴阳千年叹,
三国名士一径收。
登楼小憩思黄酒,
与君共销万古愁。

米公祠怀古

　　我大年初二游米公祠,赏四大家书法。远眺汉江北岸,夜游小北门,思郭靖守城,放孔明灯祈愿,于临汉门悦品咖啡小诗之。

2018-2-17

米公祠怀古
米公祠内柏森森,可得翰墨好销魂。
四大名家共锦绣,却看奇石可乱真。

江汉怀古
春不寒兮游汉江,凭栏眺兮水茫茫。
寄愁心兮同日月,携美人兮归故乡。

小北门夜游怀古
群鹿逐兮有襄阳,烽烟起兮镇南疆。
战不馁兮铁骨傲,困六载兮永不降。
吾思神雕兮风云荡,大侠义者兮生郭襄。
红尘滚滚兮山河破,惟见汉水兮涕沾裳。
叹复叹兮自思量,孔明灯兮诉衷肠。
但借东风兮凭借力,满载相思兮明月光。
可得飘忽兮风陵渡,许吾初见兮不敢忘。
定不负兮发如黛,归去来兮云飞扬!

大唐飞歌

  唐城专为著名导演陈凯歌执导的电影《大唐鬼宴》（现已更名为《妖猫传》）而建。大年初三游历唐城，我欣赏花萼楼之大唐飞歌。美轮美奂，令人重回盛世大唐！
  小感而诗之。

2018 - 2 - 18

花萼楼上舞霓裳，大唐飞歌兴疏狂。
一曲飞天月下见，万种风情极乐汤。
吾思芙蓉真国色，吾叹女儿久彷徨。
忽梦长生殿上见，碧海青天明月光。

承恩寺怀古

  我陪同父亲回谷城茨河老家祭祖。山水茨河，汉江如碧，松林密布。承恩寺历史久远，其中一汪活泉已喷吐千年，传为隋文帝公主治疗疥疮而得名。父亲告诉我，他小时候常到寺里玩，更是喜欢喝这甘甜的泉水。很是亲切！遂小感而诗之。

2018 - 2 - 20

山水茨河莽苍苍，仗黎徐步探幽簧。
承恩寺畔汉水绿，可照隋女明月珰。

大唐春梦

再来大唐花萼楼,爱极唐城。小感而诗之。

2018 - 2 - 21

　　大唐春梦尽飞歌,
　　碧霄飞瀑织烟罗。
　　花萼楼外霓裳曲,
　　何处玉人恰凌波。

二月花

　　不经意间,春天已到,仿佛过个年,春光就在寒风瑟瑟中降临。小院腊梅残雪未消,红梅怒绽,玉兰含苞。不久,应该万紫千红开遍了,一年之计在于春,我于小院赏春,小诗而叹之。

2018 - 2 - 25

　　暮雪消残春未发,
　　且烹诗酒度年华。
　　红梅灿若烟花雨,
　　玉兰艳冠二月花。

上元灯节有感

夜游城隍庙花灯，小感而记之。

2018 - 2 - 28

东风夜放花如昼，
鱼龙流转灯间瘦。
借问游侠儿，
可得倩影留春住？
否否，
却看明月倚高楼，
千里相思万般愁。
眉眼盈盈不堪怜，
风卷帘栊情思透。

陌上花开

春日晴好，陌上花开，携萝莉缓缓归矣。

2018-3-3

陌上春盛柳丝长，
何家萝莉着黄裳。
回眸不觉东风软，
一曲桃花枉断肠。

惊蛰雨如烟

惊蛰春雨，夤夜不休。淅淅沥沥，如泣如诉。夜深不寐，平添春愁。小感而诗之。

2018-3-5

又是惊蛰雨如烟，寒榻拥衾不得眠。
几回辗转花无意，一缕相思人有怜。
杨柳依依寄夙愿，檀香沉沉叹华年。
打叠春愁共缱绻，寄取魂梦一霎间。

临港夜战

私董会于公司临港工厂及豪生酒店举行。
经过三天论战，我小感而诗之。

2018 - 3 - 12

临港夜战
沧海明月夜，临港豪气生。
群英思辩久，商战模式新。
漫漫征程路，悠悠浪子心。
东风如有意，沙场好点兵。

伊人踏浪归
从来春晓尽芳菲，
半轮明月彩云追。
东海日丽珠有泪，
曾照伊人踏浪归。

玉兰春盛

于杨思川杨河畔惊见"二乔"白玉兰、紫红玉兰怒放,喜而诗之。

2018 - 3 - 18

川杨河畔春意浓,
阳春三月杨柳风。
玉兰轻呵浑不胜,
嫁与姹紫和嫣红。

咏红梅

三月春盛,红梅怒放,诗兴不由大发。遂小感而诗之。

2018 - 3 - 25

一瀑花树落云霞,三月春分到我家。
万紫千红留不住,化做香泥更护它。

张江春盛

阳春三月,群花灿烂。桃李海棠竞芳菲,樱花梨花共妩媚。于张江碧波路畔小感而诗之。

2018 - 3 - 27

张江风动日初生,
十里樱花香袭人。
桃李不甘海棠俏,
一树梨花也争春。

一瀑诗意三月天

我在张江,惜春小叹而诗之。

2018 - 3 - 27

一瀑诗意三月天,似水芳华叹流年。
非为良辰说美眷,但得桃花写诗篇。
晴川风丽柳缱绻,梨花海棠意缠绵。
神驰不觉绮梦远,换取逍遥一霎间。

樱花月

　　春光灿烂,樱花始放。夜幕低垂之际,见樱花掩月,美轮美奂,然初觉绚丽,不觉花瓣已飘零辗转,蓦然伤春,长叹而诗之!

2018 - 3 - 29

东风怒绽樱花月,
芳菲零落愁未歇。
海棠树下伤春夜,
可得玉人共皎洁。

月夜樱花曲

夜不眠,惜樱花花期短,思人生奈何,于小院樱花下低徊兴发,遂叹而诗之。

2018 - 3 - 29

从来春愁黯际生,
凉凉月色泪几分。
人喜樱花多绚丽,
吾叹芳菲落九尘。
素心何如天上月,
红颜易逝别倾城。
但恨春老胭脂落,
吾比樱花尚多情。
不许樱花春睡去,
空负皎皎明月情。
叹复叹兮歌一曲,
月夜樱花谁与听。

群芳争艳图

小院春盛,各种花朵竞相盛开。桃花,李花,海棠,晚樱,群芳争艳,小感而诗之。

2018 - 4 - 3

桃李芳菲小院栽,潋滟春光扑面来。
谁家海棠遮不住,也伴晚樱珍重开。

清明正伤心

清明踏春,寒风冷极,顿生凄凉之感。遂小叹而诗之。

2018 - 4 - 5

清明时节寒风侵,桃杏零落惹离情。
不语海棠临水照,也伴伊人正伤心。

襄阳好面

　　我一早吃了香喷喷的襄阳牛肉面，精神抖擞地来到张江办公室，然后径直赴徐家汇拜访客户，四点再匆匆赶回办公室接见家乡领导及召开紧急会议，五点半独自开车杀向宁波，九点到达宾馆，紧接着进行密集公务电话数十个。十一点半终于空下来，我才发现中晚餐还没吃，泪奔！
　　感谢我强大的襄阳牛肉面，有劲强悍！遂小叹而诗之。

2018 - 4 - 9

　　　　　　襄阳有好面，
　　　　　　助我战八荒。
　　　　　　披星戴月罢，
　　　　　　何处得春光。

惜落樱

　　一周前，樱花烂漫，满园芳菲。一周后，残红不再，绿意正浓。
　　思人生莫不如是耶，青春尚未上场，舞台却将落幕！莫名伤感而诗之。

2018 - 4 - 11

　　　　　　忆昔樱花恰怒放，
　　　　　　一树烟霞映朝阳。
　　　　　　梦醒不见芳菲客，
　　　　　　空余惆怅独自伤。

春光遮不住

飞啦！幸福是拼搏出来的！遂小叹而诗之。

2018 - 4 - 11

毕竟春光遮不住，
一树晚樱迷归途。
何处关山多情月，
照尽红尘款款书。

南国好识君

太湖金谷组织新三板企业前往深交所取经。卓越一期的同学再次出击。大深圳，我来啦！世界之窗，我又来啦！遂小叹而诗之。

2018 - 4 - 12

鹏城春夜笑语盈，
满窗锦绣暖风熏。
一曲新词月下写，
吟得南国好识君。

深交所之南国春风劲

深交所，我来啦！
仔细聆听深交所领导的介绍，创新型、战新领域、有核心竞争力、有国际话语权的高科技企业绝对会是资本市场的未来明星！小感而诗之。

2018 - 4 - 13

南国春风劲，深所侧耳听。
科创原为本，战兴可助君。
历历创业苦，灼灼浪子心。
遥思三载后，铜锣谁与鸣?

深交所朝圣叹

我结束深交所学习，朝圣之旅，获益良多，小感而诗之。

2018 - 4 - 13

南国风云荡，深所意激昂。
峥嵘忆岁月，争鸣有同窗。
生死淡荣辱，浮沉好飞扬。
扶摇九天起，只摘明月光。

银企合作有感

　　公司的发展离不开银行的帮助和扶持。时代的发展,企业自身实力的增强,银行已经不仅仅是锦上添花,更可能是雪中送炭。对待科技创新型企业,许多银行真心不错,有些行长颇具企业家思维。我感谢这些帮助支持公司的银行!

2018-4-18

创业多酸楚,征途泪不干。
每忆断链苦,屡惧抽贷寒。
感恩银企动,何惧贴息难。
借问春风里,心动艳阳天。

观洋山港

　　我很开心陪家乡故人沿东海大桥去洋山港深水码头。我见海天一色,长龙卧波,叹鬼斧神工,小感而诗之。

2018-4-18

深慕洋山港水深,
智能装卸冠绝伦。
长龙卧波远天际,
云光泛影近日轮。
登临每疑神工斧,
仰首长叹中华魂。
观罢沧海风物量,
星海涌灿慰平生。

雅思小叹

  春日晴好,爱宠当道。长耳熊猫兔大白、大黄全部开启卖萌模式。可怜的雅思女王明显受打击,它要么忧伤地对水自怜,要么远远冷观自嗟。也好,让雅思知道友爱才是王道。小感而戏谑诗之。

2018 - 4 - 23

谷雨时节晴方好,长耳萌兔竞逍遥。
可怜雅思临水照,情思郁郁恨春老。
原本宠溺与君好,携手相欢掌中宝。
何处妖兔横杀出,花褪艳红相思杳。
吾劝主人细思考,天涯何处无芳草。
邻家公子觊觎久,婉拒只为旧主好。

费城春早

我又飞美国啦!

江南春暮,残红满地,奈何留春不住,几番惜春泪断。欣喜美国费城春盛,万树梨花怒绽,恍若春光再回。我晨跑时小感而长诗之。

2018-4-23

江南已恨春光老,满院残红铺碧草。
不见芳菲枝头闹,芳华无计留欢好。
一池柔情任飘摇,天上人间谁知晓。
但得留春春不恼,愿托青帝作啼鸟。
情思郁郁踏歌去,一夕愁绝曼哈岛。
暮见费城春料峭,满城梨花竞妖娆。
俄而海棠恰含苞,二八佳人年正少。
谁言春光留不住,大洋彼岸春光好。
执手依依不忍去,皇冠树下情思杳。
唯有花间留倩照,抱得芳菲共逍遥。

春分万物生

　　美国费城和上海的时差应该是十二小时,这样换算时间倒是蛮方便。这里仿佛是凉凉春分时节,早晚寒,最低温度才三度。中午温度会短暂攀到十七度,非常舒爽。原本上海已过谷雨,这里恰似春分。梨花满城怒放,樱花灿烂招摇,海棠刚刚含苞,而紫玉兰也悄然盛开。一城的花海在阳光下闪耀。尤其是大学校园,满园的梨花,浪漫至极。在校园草坪的梨花树旁,恰好有一位少女沐浴阳光。春天,真的是重新来过呀!小感而诗之。

2018 - 4 - 25

凉凉春分万物生,灼灼繁花无由悲。
原恨春老留不住,却喜芳菲今又回。
江南郁郁远花事,费城青青满翠微。
杨柳吹得离人醉,欲问大雁归不归。

大西洋灯塔有感

  大西洋的海风真大,东临碣石,以观沧海。大西洋城,一个衰落中的城市!我非常感慨!
  看到空荡荡的凯撒宫,我感叹不已!小感而诗之。

2018 - 4 - 28

东临碣石观大洋,
烟波浩渺拓远疆。
安得灯塔魂飘落,
却看壮士守八荒。
海天一色当佐酒,
日月涌灿可疗伤。
猎猎海风滔滔浪,
涤尽胸臆最激昂。

赏哥伦比亚大学樱花

  我终于来到闻名已久的哥伦比亚大学,这是纽约州最古老的学校。它位于市中心的黄金地段。学校尽管面积不大,但名气相当了得。哎呀,怎么老是想喝茶。在此学习,一定要抵抗外界的喧哗和诱惑才是。小叹之。

2018 - 4 - 30

哥大樱花香袭人,
可得奥玛别倾城。
一入校园深如海,
不见月下寂寞魂。

天涯春已暮

我匆匆自美回沪,旋又奔波拼杀。蓦然春光老去。于小院小感之。

2018-5-4

天涯梦断春已暮,
花事荼蘼无着处。
春日无痕月空转,
小院流水几回顾。
昨日芳菲香满户,
东风入夜樱桃熟。
徘徊低婉兴长发,
殷勤可得留春住。

立夏思故乡

又是差旅,已然立夏。时光太匆匆,于夏雨初歇之际小感之。

2018 - 5 - 5

立夏雨初霁,墨云亦疏狂。
东风好解意,送我归故乡。

樱桃说风情

中国的樱桃才是真正的果中极品,甘香软嫩,入口即化,其滋味远胜智利的大笨傻呆的车厘子。我们去年从福建专门引入树苗,精心呵护,最终收获了这艳冠群果的中华大樱桃。小感而诗之。

2018 - 5 - 8

占尽风情小院东,
立夏时节樱桃红。
流香似玉留颊久,
且伴烟雨共晚风。

环滴水湖有感

公司团队组织滴水湖十公里环湖跑步。全体员工斗志昂扬,奋勇争先。我们最终全部胜利到达终点。小感而诗之。

2018 - 5 - 19

滴水湖畔声震天,一曲宇昂寄华年。
为有壮志托日月,敢叫沧海换人间。

光谷咏叹

我有幸参加武汉光谷管委会组织的高科技企业的引进项目签约会。我为家乡拥有世界知名的高科技园区而骄傲!小感而诗之。

2018 - 5 - 25

荆楚多才俊,光谷傲群雄。
东风荡胸臆,江花向日红。
欲语情更却,却吟星满空。
长缨当在手,何时缚蛟龙。

老骥当伏枥

老爸抖擞精神,上午战吴君,指点围棋;下午战赵君,象棋博弈;晚上烈酒战三英,他壮志昂扬。佩服啊,我要向老爸学习。小感而诗之。

2018-5-26

老骥伏晚枥,
壮士笑后生。
诗酒好助兴,
棋茶恰吐真。
豪语戏楚汉,
睥睨言纵横。
桑榆夕阳早,
还待那畔行。

六安瓜片

安徽六瓜片,是六安瓜片之首。我于瓜片体验馆细品之,幽香沁脾,美哉。《琵琶语》助兴,兰花香瓜叶!感谢瓜哥的精心安排,小感而诗之。

2018-6-2

琵琶语里相思长,六安瓜片温茶汤。
揉碎谷雨兰花色,换得天青一脉香。

独山水坝有感

于六安独山水库游览有感。

2018 - 6 - 3

千里锦绣一径收，
独山水坝不尽愁。
万顷碧波映日月，
半仞长篙击中流。
同窗论道情方罢，
壮志凌云意未休。
何当青帝温婉后，
却看丈夫佩吴钩。

香茗寄相思

有感于"徽六茶艺"之绝美,叹而歌之。

2018-6-3

一曲琵琶,一阕新词,一盏香茗寄相思。
一凝皓腕,一泓春池,一缕檀香写新诗。
宛转袅娜情款款,明眸霓裳意迟迟。
欲书彩笺多少字,却拢春袖倚花枝。
泉水小烹,瓜片初试。
凤凰三点兰花指,素手慵整眉如丝。
偷得浮生半闲日,换却茶香销魂时。
饮罢回甘惆怅久,愿携美眷谁与知。

再见小萌宠

再见了,彼得兔,熊猫兔!再见了,唐老鸭,小黄鸡!我和雅思会想念你们(因出差太频繁,实在无暇照料这些小精灵,只好送友人,痛哉)。

养君三月,终须一别。长叹而诗之。

2018-6-14

葡萄架下草木长,

宝贝依依一剪伤。

挥手自兹不相问,

但托明月寄故乡。

古隆中小虹桥遐思

我又回襄阳,参加公司落户襄阳高新园区的项目签约协议。仪式结束,我陪国际友人参观古隆中。于小虹桥上小感之。

2018-6-25

半亩荷塘一鉴开,

小虹桥上翩跹来。

躬耕原非龙潜水,

蓬门却为明主开。

葵园花开

盛夏已至,临港葵园的向日葵盛开,灿若云霞,美极。
小感而诗之。

2018-6-27

盛夏葵园绿满芳,
向阳花开成两行。
青荷欲与莲共舞,
遂伴凌霄各一方。

葡萄架上理花枝

拼搏一个月,我终于周末稍息。我抱着萝莉泰迪下围棋,快事也;老夫聊发少年狂,我攀上高高的葡萄架,把疯长的葡萄藤、凌霄和紫藤进行牵引,三个家伙互不相让。凌霄已然怒放,分外美丽。我很多年没爬上树了,这次拼了,我爬上香泡树,把葡萄藤弄下来。送走了两只大兔子、小鸡小鸭,漂亮的小园子经夏雨滋润又生机勃勃了,青青碧草,小花灿烂,开心。小感而诗之。

2018-7-1

巧牵葡萄藤蔓长,香泡树上理红妆。
为乞凌霄多解意,遂驱东风向南窗。

瓦屑村畔有感

  乡下的好处，在于水网纵横，野生河鲜为市区所不见也。我于小区外收获四斤重鲜活大白鱼，正宗大翘嘴！罕见也！
  门口即乡村瓜田，晚上可以偷南瓜啦！想起当年疯狂的偷菜游戏，我小感而诗之。

2018 - 7 - 3

  为慕翘嘴六月鲜，瓦屑村畔几流连。

  非为果蔬寻不见，夜半可得偷瓜田。

减肥有感

  好不容易，连滚带爬，我终于跑了五公里，累得雅思口吐白沫。我郑重决定，为了减肥，从今晚开始，每天要跑步五公里，如果做不到，就把手机绑在雅思身上。从来没想到，身轻如燕的小宇哥有一天会如此臃肿，弯腰都如此痛苦，为了梦想，为了减轻一点重量，拼了。坚持就是胜利，小胖也有春天！雅思相伴，风雨无阻！小诗以志之。

2018 - 7 - 11

  谁言大唐羡环肥，一笑倾城谁与追。

  愿将初心如新月，不信紫燕唤不回。

竹海碣石阻归程

  我一路狂奔,四小时抵达宜兴长兴县竹海深处,见竹海森森,绿意披离,群山叠翠,快甚!然而,我蓦见二巨石耸立路旁,冷汗涔涔而下,终于鼓足勇气擦面而过!山穷路阻之际,或可另辟蹊径也,人生何不如是哉。小感而诗之。

2018 - 7 - 12

竹海恣意长兴村,
碣石耸飒可断魂。
前狼后虎何所虑,
上天入地浑不能。
扪心郁抑回头问,
放手汪洋前赴奔。
人生何若叹如是,
我辈原是创业人。

富陶金谷学习有感

感谢太湖金谷提供的学习机会。我要认真学习,天天向上。小感而诗之。

2018 - 7 - 13

竹海富陶盛夏中,
金谷卓越情意浓。
商战论道恒久远,
并购重组自不同。
学罢青山留远翠,
小憩温泉拂晚风。
游尽蝉鸣远弥近,
可得美人夜添灯。

金谷商战伴月明

我在长兴富陶酒店持续学习中，小感而诗之。

2018 - 7 - 14

金谷卓越向宜兴，
竹海深处好笃行。
商战历历经烟火，
同窗炳炳论古今。
觥筹交错因情重，
喜笑卓然有庆生。
长歌一曲当寄傲，
夜深青山伴月明。

阳羡探幽

我心仪宜兴的紫砂壶、阳羡茶,更神往范蠡与西施的典故。于是拜寻阳羡故居,我小感而诗之。

2018 - 7 - 15

常慕宜兴富陶春,
遂驱阳羡临照门。
故纸泼墨迎荷写,
新茶烹诗对竹吟。
温泉洗出胭脂影,
夏莲捧得西子心。
莫言范公真侠儿,
多情却恼日已昏。

西施壶遐思

　　我有幸在中国陶都挑到周骁大师（吕尧臣弟子）精心烧制的西施壶，系2005年所采丁蜀镇黄龙山纯正紫砂泥原矿，壶身圆润温婉。传：古文人骚客因慕西施美貌，遂烧制西施壶，现已成勃勃产业。叹哉。

　　范君如何想呢？小感而诗之。

2018-7-15

从来春愁不言中，
紫砂烧得朱颜红。
香魂半缕牵绮梦，
盈润一握恨色空。
方饮茶汤相思重，
浅酌西子爱意浓。
几回辗转花无意，
一朝寄情与东风。

雏鹰有感

　　江山代有人才出,自古英雄出少年,公司新生代闪亮登场。这些阳光的90后有激情、有志向、有梦想、有情怀,充满正能量,而且多才多艺,让人欣喜。相信不远的将来,他们一定会崛起为公司的生力军!这里有勇夺省运会围棋亚军的专业棋手,有荣获"大临港歌神"季军的金嗓子,更令人激动的是,九个苗子里大部分立志从事研发工作,真正了不起!

　　想当年,招个研发人才多不易,小感而诗之。

2018 - 7 - 24

　　小荷才露尖尖角,雏鹰乍振猎猎风。
　　谨致诸君当奋力,公司明朝我为雄。

雄鹰

  我今天非常荣幸，受央视财经频道"创业英雄汇"制片人闫琼老师所邀，作为2016年中国创业榜样的代表来到美丽的拉萨，在这广阔的雪域圣地讲述自己的几点创业感悟。特以小诗现场送拉萨的创业小伙伴们！

2018-7-26

我要做拉萨创业的雄鹰，
将青春不屈的梦想绽放。
我要点燃雪域的星光，
我要将天路的歌声传唱。
我要为冰川的泉水呐喊，
我要将创业的大旗摇晃。
创业是青春的战场，
英雄要在舞台的中央。
汇聚的目光为我们喝彩，
猎猎的经幡让我们激昂。
我们是拉萨的雄鹰，
我们要搏一回，
拼一次，战一场！

雅思咏叹

集三千宠爱,不,集万千宠爱于一身的宝贝雅思新换清凉发型(剪发啦),我再次进行礼仪训练。小感而赞之。

2018-8-5

这恼人的小精灵,
仪态万方,楚楚可怜。
明眸顾盼,秋水含波。
这黏人的小精灵,
秀发飘柔,香耳招摇。
凌波微步,纤爪生尘。
这要命的小精灵,
瑶鼻春山,纤姿窈窕。
静若处子,荡人神魄。
这摄魂的小精灵,
软香温玉,盈盈一握。
如影随形,离之断魂。

京华烟云

感谢北创营四期的北京同学,我们相约老北京"京味斋"。浓浓民国风,正宗北京味。仿佛回到《京华烟云》的故事场景,爱极。长叹木兰、立夫之命运。小感而诗之。

2018 - 8 - 7

京华烟云惹愁心,
木兰立夫不了情。
谁言姻缘天注定,
但得月老辨分明。

联想之星十周年庆

今晚星光灿烂,一大批星光闪闪的科技创业企业家学员纷纷崛起!一年同窗,十年同友;十年同窗,终生为友。小感而诗之。

2018 - 8 - 8

今夜星辰今夜泪,
十载光阴一霎回。
不见同窗青岁月,
唯有老兵鬓发灰。
思潮奔涌漫天火,
情愫无由自在飞。
但得前辈同振奋,
驾得青鸾笑傲归。

紫薇锁情怀

难得偷闲，我独自前往故宫感受中华文化之博大。于红墙外小感之。

2018 - 8 - 9

一树紫薇寂寞开，
红墙依依锁情怀。
织女桥畔伤心碧，
可照香妃翩跹来。

美食小记（一）

  我见路边有新鲜生猛的梭子蟹，遂食指大动。今晚小秀厨艺，来一波宇氏红烧葱姜梭子蟹。此菜特色是鲜香嫩滑，色香味俱佳，是真正的特色时令海鲜。

  将蟹洗净，去鳃。这一步很重要，不能有任何的疏忽。若鳃鲜红，表示蟹新鲜。若色暗，则要小心蟹为"挣脚蟹"。即蟹快不行了，肉质已经有细微变化。真正的饕餮高手可蒙眼辨识。

  此菜真的是鲜香嫩滑，极品也。我不由得大快朵颐，浑忘世间纷扰，悠悠然胜仙也。

  遂小诗之。

2018 - 8 - 27

东海蟹脚肥

偶得东海蟹脚肥，食指馋虫唤人归。

葱姜小佐烟火色，小啖不觉魂已飞。

美食小记（二）

　　老弟言老哥厨艺了得，带四只澳洲大龙虾来乞食。看到生猛的大龙虾张牙舞爪，色彩斑斓，最大的一只竟然有两斤多，我遂技痒，小秀一下海鲜做法。要先给龙虾放尿，这非常关键。

　　开背蒜蓉大龙虾，此法有几个关键点。

　　第一步，用园林剪将龙虾背由头剪到尾，这一步非常血腥，但是必不可少。普通的剪刀基本剪不动，而用菜刀又会破坏虾甲。此重任，唯园林剪可胜任也。我将虾线抽出。可怜的大虾还是活蹦乱跳。

　　第二步，将蒜蓉拍碎，依次加入海天酱油、料酒等调味品——它叫做"秘制宇氏配料"。

　　第三步，将蒜蓉等配料放入虾背里，把大螯摆放整齐。可敲碎一点便于入味。

　　第四步，用大火蒸十五分钟。出锅。

　　鲜红诱人，香气扑鼻的大龙虾出炉啦！

2018-9-2

小龙虾叹

夏至桐荫桂蘤长，大螯凛凛锁金光。
且把老姜佐新酒，可得麻辣拌浓香。
饕餮不许兰指动，异馐方信今始尝。
食罢神飞不知处，却把他乡认故乡。

迪拜感怀

迪拜，我又来啦，为梦想而拼搏，为梦想而飞奔！小叹而诗之。

2018-9-7

若星汉之灿涌兮，壮志以慰我怀。
状风云之际会兮，激昂无掩吾哀。
冠烈士之热血兮，利刃难挫锋锐。
笑沧海之变幻兮，浩浩紫气东来。

情怀放不得

我持续奔波二十四小时，在卡拉奇连续征战，小歇之际叹而诗之。

2018-9-8

总是情怀放不得，一阕愁思偶小歇。
寒塘鹤影溶溶月，红尘紫陌浩浩劫。
何处秦箫添呜咽，谁家玉人照蝴蝶。
叹罢秋风凌霜叶，明朝却与双相别。

巴基斯坦新娘咏叹

我有幸参加巴基斯坦豪门婚礼仪式,收获颇多。这里有浓浓的异域风情,新娘太美了!她迷人的微笑,透明清澈的双眸,精致深邃的五官,披戴巴基斯坦特有的民族头饰和纱丽,男生看一眼恐怕就会动心,巴基斯坦美女果然名不虚传。新娘需由兄弟搀扶行走。因为长裙摇曳,她每走一步需要先用脚尖把裙裾踢开,所谓莲步生花也。美极!小叹而诗之。

2018-9-9

百花丛里莲步摇,
纱丽明眸分外娇。
异域新娘情万种,
洞房花烛朝天烧。

阿拉伯海咏叹

再见,卡拉奇,再见,迪拜塔,再见,大骆驼,再见,白沙滩。小感而诗之。

2018-9-10

欲付情衷对华年,阿拉伯海浪滔天。
沙鸥高翔风拂面,彩霞低徊柳吹绵。
渡口依稀相思远,恋歌宛转白云边。
星汉灿涌浑不见,却留相思寄心间。

沧海有感

连续征战，我难得周日小憩。由 AYAZE 带领来到向往许久的阿拉伯海。这里有一望无际的沙滩，洁白的连绵海浪，高翔的海鸥，还有高大乖巧的阿拉伯单峰大骆驼，背上是颇具民族特色的羊毛雕鞍，既威风凛凛又充满异域风情，像极了龙门镇背后插旗的刀客。海边满是欢乐的人群，还有咆哮轰鸣的沙地卡丁车。天际远旷，海天一色。小叹而诗之。

2018 - 9 - 10

东临沧海浪滔天，
西域骚客度流年。
风吹情思苍穹远，
可得佳人佐诗篇。

大国当论道

中国科学家论坛盛大召开。大国崛起，民族复兴，科技创新，自主创新，战略创新高地……这些激励人心的词汇从与会领导口中说出，深感震撼。公司将不负众望，继续砥砺前行。拥有核心竞争力的公司终将崛起！小感而诗之。

2018 - 9 - 12

大国当论道，科技有创新。
愿借凌云志，铁血铸丹心！

迪斯尼香草园闻歌声

周末难得小憩,我于迪斯尼香草园寻幽,爱极芦苇塘的美景。偶入香草园深处,恰遇国际春浪音乐节,感其名,兴起而入,见人潮汹涌,皆是年轻美人,遂感而诗之。

2018 - 9 - 22

为趁秋雨又晚晴,误入香园闻歌声。
蒹葭苍苍临水照,春浪滚滚倾耳听。
叹兮佳人年正少,悲哉壮士白发生。
不教风流东逝去,摘取夕阳慰吾心。

秋分时节小叹

时光似水,眨眼已是秋分时节。于萧萧秋雨之际无由小叹之。

2018 - 9 - 23

秋分时节雨,
天涯浪子心。
离离芦苇草,
悠悠不了情。
踯躅秋原道,
蹀躞不识君。
花开当自赏,
花谢无人听。
云舒风漫卷,
雁断长晚亭。
芳华或已逝,
壮志魂梦萦。
红尘多妩媚,
江湖少知音。
逍遥歌一曲,
彩云月正明。

明月最相思

中秋月圆，但今岁分外感叹。走上创业这条道路，我从此苦海无边，绝无上岸可能。不知不觉又是秋天。2018年不经意间已过去大半，但我仍然壮志未酬，终是奈何。小感而诗之。

2018-9-25

寂寞锁清秋，明月起高楼。
佳人明如玉，太息不言愁。
彩云追明月，雁字过人头。
雏菊杏子色，涧水树梢游。
青阶映花影，秋蛩惊栖鸥。
思君君不至，月色自风流。

黄酒解情肠

金秋古襄阳，满城桂花香。飘香牛肉面，幽雅汉津楼。小感而诗之。

2018-9-28

一夜秋雨天气凉，满城桂花扑面香。
不觉乡愁入骨处，唯得黄酒解情肠。

汉江追忆

参加楚商大会,夜游汉江。我于长虹桥下小感而诗之。

2018 - 9 - 28

江水澄澄动离情,一川烟花惹愁心。
欲祝婵娟共明月,长虹桥下不识君。

再游唐城

再游唐城,于花萼相辉楼欣赏大唐歌舞。小感而诗之。

2018 - 9 - 28

醉颜波
一枕大唐尽飞歌,
半曲霓裳动星河。
花间杯里相思酒,
摇落贵妃醉颜波。

惹相思
一曲琵琶惹相思,
花萼楼里欲语迟。
锦瑟弦上多少字,
问君春水知不知。

夜深弈棋有感

我最开心的，莫过于和千年苦手厮杀一盘，畅快也！夜半下围棋小胜，喜极，小感而诗之。

2018 - 9 - 29

弈罢不觉夜已深，千年苦手正销魂。
峰回路转喜苦胜，遂呷新茶做深沉。

襄阳黄酒慰平生

午夜馋虫难耐，于是我煮了一碗襄阳牛肉面，大吃一顿，畅快也！小感而诗之。

2018 - 9 - 30

金秋襄阳夜已深，
馋虫嗷嗷唤归人。
一碗面汤解愁绪，
半盏黄酒慰平生。

红山厂致芳华

致芳华！重游三线军工厂红山295厂故址，那是我深藏大山腹地的青春回忆。二十世纪六七十年代的壁画，红山火车站，南河大坝，子弟学校，家属楼，职工医院……回忆历历在目。河滩筒子楼的第一间是斑驳凝重的小宇哥旧居。

难忘的记忆，激情的岁月，沧桑的历史，凝固的芳华！长叹而诗之。

2018-10-4

忆昔岁月正峥嵘，
铮铮铁骨水流东。
为拒苏修抗美帝，
遂隐三线锁青松。
甲子不改强国梦，
英雄无悔夕阳红。
今向芳华写珍重，
且看长缨卷碧空。

征程起

前回乡,昨返沪,今飞欧。我美美地烧了一桌大餐,把中国胃养好!小叹而诗之。

2018-10-6

征程起,金风急,
大雁高翔飞天际。
青云扶摇君不语,
长啸何妨三万里。
且梳思绪澄澈里,
碧空漫吟闪烁句。

情渺渺,人悄立,
彩霞伴我好振翼。
会当凌霄击战鼓,
漫卷黄沙万人敌。
且望西欧当羁旅,
斩得青龙祭红旗。

马德里郊外小感

美,超越国境。蒹葭苍苍的美景竟然出现在西班牙马德里的郊野,那在水一方的伊人,是清扬婉兮的古典佳人,还是金发碧眼的洋美人呢?小叹而诗之。

2018 - 10 - 7

尝忆北国有佳人,清扬婉兮好销魂。
临水蒹葭今何在,德里郊外对月轮。

塞戈维亚大教堂忏悔

天涯浪子在塞戈维亚大教堂忏悔。我平生错事太多,愿主宽恕。

我去白雪公主的城堡探幽。这里不见小矮人,只有刀剑炮。微型军事博物馆,是大航海时代的骄傲。小叹而诗之。

2018 - 10 - 7

曾经红尘惹是非,
天涯浪子恨相随。
教堂深忏平生悔,
古堡长叹不言悲。
感主怜悯痛过往,
思君缠绵锁心扉。
还侬一钵无情泪,
莫问明朝归不归。

阿维拉墙怀古

2018-10-7

一池古堡秋已醉，
满城斑斓锁芳菲。
阿维拉墙好怀古，
千年沧桑一笑回。

马德里观影小感

纵年华已逝，我内心文学青年之梦仍未消失。于秋夜辗转于马德里，我难耐孤寂，逐欣然购票看纯正的西班牙语电影。我不在意能否听懂，只要静静地享受这片刻的影院沉浸感即可。每到一个国家，我总会找机会看看电影、看看歌舞剧，体验下纯正的异域风情。小叹而诗之。

2018-10-8

可叹青春似水流，
滔滔东去不停休。
乍觉芳菲迷星目，
却叹韶华竟白头。
秋风飒飒催人老，
华灯灼灼伴君愁。
影院可得康桥梦，
马德里外独倚楼。

CPHI 药展有感

2018 年,世界原料药展 CPHI 西班牙马德里展盛大开幕啦!公司团队翘首恭候,小感而诗之。

2018 - 10 - 9

一年一度秋风凉,
德里熙熙对月光。
敢教四海皆兄弟,
静迎五洲俱友商。

黄昏词

再见，西班牙；再见，马德里；再见，沧桑的木桥，静谧的小河，唯美的雕塑，勇往直前的唐吉诃德。还有那天际交会的光芒。译诗作叹之。

2018 - 10 - 12

黄昏（舒婷）

我说我听见背后有轻轻的足音
你说是微风吻着我走过的小径
我说星星像礼花一样缤纷
你说是我的睫毛沾满了花粉
我说小雏菊都闭上了昏昏欲睡的眼睛
你说夜来香又开放了层层迭迭的心
我说这是一个生机勃勃的暮春
你说这是一个诱人沉醉的黄昏

黄昏（小宇哥译）

慕君但得小径轻，恰若微风拂吾心。
灿若烟火流星雨，艳若香粉迷双睛。
何家雏菊恐睡去，几处夜香倾耳听。
人间四月芳菲尽，春情脉脉日已昏。

斗牛场寄情

　　临别之际,我去西班牙斗牛场采风,可惜未见风情万种的红衣女郎。若再加上弗拉门戈吉他,再配上妩媚的探戈,则足矣。补展会几张照片留念。小感而诗之。

2018 - 10 - 12

为慕伊人水一方,
石榴裙里相思长。
舞低纤腰春山瘦,
弦烈踢踏明月珰。
欲付诗歌写情愫,
无由寥落诉衷肠。
斗牛场外潇潇雨,
可伴情郎梦一场。

双创风云

行色匆匆,我从马德里飞奔央视"创业英雄汇"参加2018年双创成果展,带着护照、身份证潇洒出国,带着回乡旅行证、临时证狼狈回国。难忘的经历——我向马德里大盗致敬!期待央视双创展的胜利举行!小叹而诗之。

2018 - 10 - 16

京华风潮涌,
群星耀碧空。
双创风云动,
谁与拭刀锋?

东非有感

公司继欧洲展会后,再次踏上大非洲的征程。在肯尼亚内罗毕的CPHI,公司的旗帜高高飘扬。

非洲是一个巨大的市场,肯尼亚不仅有长颈鹿,大狮子,还有东非大裂谷,将来一定会有公司的水性PVPI消毒液。小叹而诗之。

2018 - 10 - 19

东非裂谷莽苍苍,乞力雪峰一线长。
马塞原野怅寥廓,万物生处吾为王。

恋流年

金秋十月,桂花飘香。小院更喜凌霄怒放于霜天,我不由得感喟万千。遂小叹而诗之。

2018 - 10 - 20

桂花香蕊满小园,凌霄艳绝霜凝天。
情思婉转迷归路,不恋美眷恋流年。

咏苏轼

　　苏轼不仅诗词冠绝，画作也毫不逊色。令小宇哥仰慕者，莫若：曹操，李煜，苏轼也。曹操文韬武略，但过于霸道，让人望而生畏；李煜文才冠绝但过于柔弱，缺乏男子阳刚；唯苏轼才华横溢，灵气四溢而亲和谦卑，他胸怀大志，又纵情山水，尽管因不合时宜，屡受命运女神的捉弄，但从不抱怨，总能随遇而安。富可修苏堤，穷可挖野菜。琴棋书画样样精通，结交各色朋友。情商、智商、逆商都出类拔萃。真的让人无法不佩服。小叹而诗之。

2018-10-24

　　一瀑诗意冠华夏，芳草时节走天涯。
　　枯木竹石浪淘尽，此心安处为吾乡。

公司战斗季有感

战斗季,充电季,学习季。公司兵分七路,奔跑在追求梦想的路上。不同的岗位,不同的分工,都为了一个目标。公司将打造多层次全方面的具核心竞争力的高科技企业。我为了理想而奋斗!小感而诗之。

2018-10-25

秋深霜凌叶,健儿战四方。
何日饮长弓,西北射天狼。

大箕山有感

再次来到华东疗养院。经年征战,伤痕累累。我于大箕山下小叹而诗之。

2018-10-28

一年一度叹秋风,
大箕山下霜叶红。
太湖浩渺三万顷,
禅心静幽一壶中。
从来岁月催人老,
不觉壮怀转头空。
且惜芳华多珍重,
但寄日月与君同。

水晶宫感怀

在上海水晶宫,我有幸欣赏杜塞尔多夫戏剧院的《睡魔》。想当年,我无数次想去而不得,倏忽近二十年矣!想起当年陪小美女在广场踟蹰,发誓要带她来水晶宫看歌剧。没想眨眼二十年过去了,今天终于心愿得偿。

小叹而诗之。

2018 - 11 - 21

水晶宫里叹蹉跎,
浦江廿载扬清波。
犹记广场石狮壁,
曾邀玉人共婆娑。

静安寺赏棋

感谢香如老师的邀请,我有幸在静安寺近距离欣赏围棋世界冠军的比赛,幸甚!小感而诗之。

2018 - 11 - 24

静安古刹风清扬,
般若禅院泛佛光。
弈罢不觉日清浅,
可得菩提伴檀香。

万物生

新晋萌宠蓝鳌大虾攻击捕食可怜的小红金鱼儿,万物相生相克,小叹也!

2018 - 11 - 27

    道生太极罢,
    阴阳万物生。
    谁解空与色,
    慰吾痴与嗔。

大国壮志叹

参加工信部领军人才年度盛典。短短两天,收获多多,干货满满。小叹而诗之。

2018 - 11 - 29

    大国多壮志,
    卓然立东方。
    科创当强骨,
    实业好兴邦。
    学罢春潮涌,
    喟余情思长。
    愿借好风力,
    壮我擒天狼。

大瓣茶梅

大瓣茶梅开了!我喜欢这种娇艳似芍药、耐寒似腊梅的花,在万物凋零、秋冬萧索之际,它却含苞怒放,灿若春花。一夜冬雨,它在最不起眼的角落绚烂地开放。小叹而诗之。

2018-12-3

一夜冬雨开人家,
何处仙子露芳华。
东风原为我做主,
不许冰霜欺百花。

咏螯虾

　　蓝色大螯虾正在蜕壳,这是罕见的异景。每一次蜕变,它就变得更美更大,它已蜕后尾、大胸甲,正在酝酿冲刺蜕头盔。加油呀,虾宝!屡屡观望,小叹而诗之。

2018-12-9

偷闲驻足几回望,
芙蓉缸里水草长。
舍却红尘旧皮囊,
欲度轮回英烈堂。
隐忍非为修罗场,
振螯原是好儿郎。
待得度劫升仙罢,
捕得鱼妹醉一场。

冬夜跑步有感

  我坚持跑步,不找理由,于是在雾霾中夜跑,尽管速度缓慢,走走停停,但对自己是挑战。坚持!小叹而诗之。

2018 - 12 - 17

冬夜寒风急,月明星火稀。
极目怅寥廓,迷雾恨呼吸。
茫茫叹归路,悠悠思别离。
跑罢忘南北,谁与伴东西。

考研追忆

明天是考研日,我遥祝每个有梦想的青年顺利通过,美梦成真!收拾家务时,我翻出当年为申报考研开具的单位介绍信。感谢当年帮助过我的友人!我从此辞别家乡,独自闯荡上海滩,开始了后来的开挂人生。尽管是落榜了,但青涩的记忆永存。人生的转折点,在于敢人之不敢。

小诗以志之。

2018 - 12 - 20

遥忆年少愁华年,
杨柳梢头写诗篇。
不羡鸳鸯栖家院,
只慕鸿鹄飞九天。
壮志非为恋美眷,
丹心注定别红颜。
待得明朝折金冠,
且书芳菲满人间。

安泰文治堂新年音乐会有感

  一年一度的上海交大安泰新年音乐会盛大开幕，西班牙加纳利交响乐团重磅出击！小感而诗之。

2018 - 12 - 23

最喜安泰迎新年，
文治堂里弄丝弦。
竖琴不觉斗牛曲，
卡门原为火舞泉。
仙姝翩若游龙转，
鲁君笑傲交响团。
千里神飞寄明月，
一脉心香好思源。

普洱好读书

我在普洱认真学习陈玉峰教授的税法课。在课堂上小诗之。

2018 - 12 - 23

普洱冬阳暖，
冬至好读书。
茶马印古道，
财税议有无。
课间留倩照，
笔辍注疑狐。
不舍同道谊，
明朝共宏图。

普洱茶饮有感

在普洱茶王欣赏正宗茶道表演，品尝纯正的生普。小感而诗之。

2018 - 12 - 24

琵琶语里相思长，普洱冬日唤茶汤。
借得古树苍青色，换得班章琥珀光。
欲将山泉洗云雾，却喜凤凰点沉香。
饮罢不觉红尘远，却把茶王作故乡。

西双版纳小叹

  我们一行人浩浩荡荡前往西双版纳参观游玩，这是我多年的心愿，这次终于得偿，分外开心。应友邀约，遂小感而诗之。

2018－12－26

诗（一）

为慕傣族孔雀开，
千山万水旖旎来。
花因解意多妩媚，
竹为相思满情怀。
睡莲含羞倚火焰，
菩提无忧映苍苔。
贝叶经下多少爱，
可得圣僧细细栽。

诗（二）

凤未展屏晴未开，
何处鸿雁照影来。
非是南国多云雨，
但为妃子上高台。
一阕新词凭夙愿，
半缕相思写情怀。
吟罢不觉神驰远，
湘竹斑斑谁与摘？

咏梅

小寒节温酒赏梅,心甚喜之。小感而诗之。

2019 - 1 - 5

小寒温梅酒,
雨霁旧舍新。
天青增颜色,
暗香动吾心。
朔风不解意,
冰雪可怡情。
月梦笛声远,
可得伴君听。

失眠小叹

我无缘无故失眠，辗转反侧，诸多魔障纷至，痛苦莫名。遂小叹而诗之。

2019-1-6

从来梦魇最痴狂，
一盏孤灯伴落窗，
萧疏夜雨诗两行。

最是情怀不能忘，
辗转摇落床上霜，
今兮何兮云水长。

欸乃情思波心荡，
一缕星辰伴微光，
可得佳人诉衷肠。

襄阳雪梦有感

我欣闻襄阳大雪,美轮美奂,银装素裹,若仙境也。小感而诗之。

2019 - 1 - 10

昨夜北风过襄阳,摇落寰宇满地霜。
仲宣楼上吟诗赋,习家祠里品梅香。
山河晶莹洗尘往,晴日凝固雕时光。
却看茅庐盖冰雪,可得贤子佐君王。

小院早春咏叹

冬雨初歇,不觉春意透出。腊梅晶莹剔透,红梅含苞怒放。樱树上的鸟窝独立寒风,香泡果俏立枝头。小香柏嫩绿青翠,亭亭玉立,占尽小院风情。蟹爪兰花期正盛,与水彩画相映成趣。

小叹而诗之。

2019 - 1 - 12

摇尽暗香小院东,
众芳让与梅萼红。
樱树鸟巢不惧冷,
遂伴香柏共晚风。

腌制大青鱼有感

谢友人赠我野生大青鱼十斤！他一下钓了三条，就在门前的小河。我用精盐、花椒、红椒、八角腌制，开开心心挂起风干。心情好多了，美食可减压也，年味已浓啦！几只大野猫老在旁边转悠。小叹而诗之。

2019 - 1 - 21

年关多忧虑，大寒少欢颜。
感君赠鱼尾，怜兹系屋前。
鳃红妃子色，情暖艳阳天。
春雪如有意，小酌不言鲜。

灌制香肠有感

我亲手灌制微辣香肠，选用上好五花肉腌制晾干。香肠干净，香浓，腊味弥久，可佐老爸之烈酒矣，远胜商家之作。小感而诗之。

2019 - 1 - 26

腊月春未至，红梅次第开。
肠香葡萄架，风吹桃花腮。
绝味当佐酒，颜色好入怀。
谁家黑猫子，不许过墙来。

红梅咏叹

腊梅正盛,红梅初绽,小院别有风情,静候春至。小叹而诗之。

2019-1-27

为慕红梅真风采,
千里冰霜笑傲开。
长乞隐士凌云志,
不拘小院槛内栽。
周浦村外赏雪海,
医学园里登高台。
摘得不觉神驰罢,
却傍斜阳立苍苔。

小院弈棋

立春已过,万物方生。小院对弈,檀香静气,小鸟鸣啾。小感而诗之。

2019-2-6

小院石径弈棋深,雪崩妖刀识高人。
金笼鹦鹉不许问,赢得梅酒好销魂。

游星愿公园

  我陪家人在迪斯尼星愿公园小游,发现了人气水景公园。

  这里有水杉,苇荡,野鸭(斑头鸭),蒲草,游轮,水天一色,野禽掠岸,美甚。小叹而诗之。

2019 - 2 - 7

立春冬日暖,星园风不寒。
蒲苇临水照,邻女动诗弦。
云光共烟渚,沙禽掠霞天。
游罢斜阳暮,欲语已忘言。

咏水仙花

水仙花在情人节盛开啦,香气袭人。它是水中的精灵,花中的仙子。清香幽远,闻之断魂。小叹而诗之。

2019-2-14

妙曼不语又黄昏,
仙姿绰约香袭人。
柔波酿得春水早,
相思一缕共销魂。

父子兵

下了近一个月的冬雨,难得天晴,甚是开心,我陪老爸再次进行象棋大战。老爸天天用手机下棋,水平大增啊!小叹而诗之。

2019-2-17

立春时节雨纷纷,偶得晴阳小院风。
楚河汉界鏖战久,车马冷着擒大龙。

豫园灯会咏叹

  新年甫过，老爸坚持要回襄阳，我再三苦劝，最后终于说服他在上海过完元宵节再回乡。于是，全家正月十五来豫园逛灯会啦。

  听说，古人唯有今日方能畅意游玩。青年男女也往往今日可任意交往，或遗帕留情，或赏灯流连。这才是真正的浪漫情人节。浮想之际小诗之。

2019-2-19

琼楼玉宇月当空，湖心亭外醉颜红；
雪蛾春黛停不住，九曲桥畔碧波东。
岁月老，恨匆匆，去年今日不相逢；
流光宛转映花瀑，杨柳依依醉春风。
红绡帕，笼袖中，春囊暗香为伊浓；
殷勤记取相思意，明朝却向彩鸾灯。

禅室有感

  偶然偷闲，我在精心打造的禅室静心读书品茶，悠游天下，此乃神仙享受也！遂小感而诗之。

2019 - 2 - 22

春寒禅室暖，
檀香好烹茶。
丝竹涤胸臆，
诗酒写年华。
汤浅芙蓉盏，
情暖元青花。
饮罢神思窈，
谁与共茜纱。

蒹葭伤叹

  勤劳的老爸,把我千辛万苦弄来的芦苇给拔了,说这芦苇长得太高,影响景观。我原本期待蒹葭苍苍临水照的诗意,现在眼前只剩光秃秃的草根了。亲爱的老爸,这芦苇可真不容易弄来啊!小宇哥已哭倒在地。

  一夜春雨,院中茶梅凌乱满地,春始至,花凋零。但此时牡丹、芍药、樱桃已爆芽。叹蒹葭被拔而小诗之。

2019 - 2 - 23

一夜春雨石径深,
不见蒹葭候佳人。
残梦依稀多少泪,
化作香泥护芳魂。

咏茶梅

　　二月，乍暖还寒。难得艳阳，怒绽的茶梅却残红满地。我相信养花人都喜欢这种花，它比牡丹更艳丽，比芍药更多情，但无意争春，只在万物萧条的严冬绽放，而又不与腊梅争寒，红梅争宠，春来即谢，落红满地，辗转成泥！令人感伤。

　　小叹之。

2019-2-24

春雨轻寒经月长，
一树茶梅着红妆。
不与牡丹争国色，
愿比腊梅傲雪霜。
大寒始吐花更艳，
惊蛰悄谢泪留香。
无意东风谁作主，
辗转成泥空余芳。

安吉动征衣

我首次在安吉拉练，期待能有好的成绩，更期待能养成锻炼的习惯，加油啊，小宇哥！小感而诗之。

2019 - 3 - 3

戈壁号角起，

安吉动征衣。

春寒湿竹海，

情暖满涧溪。

行尽云奔涌，

力竭景依稀。

战罢山风漫，

振烈壮红旗。

院士站专家会有感

一个真正有梦想、有情怀的科技创新型企业，它的成长之路一定漫长而艰辛，但风雨后一定会见彩虹！加油，小感而诗之。

2019 - 3 - 4

大国重院士，科创锻精芒。

潜龙在渊久，凤鸣有宇昂。

悼褚老

在北京出差,我于万寿路地铁站惊闻创业榜样褚总离世,非常感伤。
向褚老致敬!人生总有起伏,信念必将传承!褚老走好,您是我们创业者的偶像!
于万寿路地铁站感喟而诗之。

2019-3-5

惊闻噩耗一时哀,斜阳泪溅万寿台。
遥忆玉溪惊天起,尤记褚橙荷锄栽。
老骥不服凌云志,烈士且笑画角哀。
痛罢褚老当安好,漫山春花为君开。

"三八节"作诗

应中国中小企业商业协会要求,特为协会女员工在"三八节"作诗。

2019-3-7

京华三月喜艳阳,商协巾帼秀红装。
不惧重压多笑纳,敢与男儿共荣光。
恪守尽职担己任,扶实创新勇担当。
今向木兰多请教,愿得共赢留余香。

陆海空三军仪仗队女兵有感

今天上午,我有幸在中国中小企业商业协会的带领下参观了海陆空三军仪仗队,近距离参观了闻名于世的仪仗队操练演习。我看到她们充满朝气的青春面庞,看到她们整齐划一的行军步伐,真的被深深打动。特小感而诗之。

2019-3-7

飒爽英姿笑东风,三军仗中别样红;
礼枪轻柔惊宾客,正步宛转秀仪容。
青春汗洒阅兵场,壮志笑傲陆海空;
戎装女儿多妩媚,却看明朝立新功。

浦东电视台录制节目有感

继2013年录制浦东年度经济人物访谈节目后,我再次荣幸来到浦东电视台。位于秀沿路的新台高端大气,绝对是上海电视台中的佼佼者。年轻睿智而美丽知性的何台长让人钦佩。一个节目下来,我汗都下来了。小叹而诗之。

2019-3-10

阳春三月烟雨濛,嵯峨新台周浦东。
遥忆浩劫东流水,犹记情殇萧瑟风。
蹉跎岁月谁与共,激昂征程向阳红。
今谢良师多指点,为有壮志不言中。

美食春叹

春天的味道,在原野,在餐桌。我小秀厨艺,烹饪了春笋、香椿、野蚕豆、野菜苔、小杂鱼、春韭。每道菜都充满阳光与春意。大秀刀法,小感而诗之。

2019-3-18

春轻笋尖小,风暖紫苔浓。
韭嫩蚕娘绿,椿香小桃红。
久烹鱼汤浅,小酌米酿浓。
啖罢神思窈,天地悠游中。

十二间

"创业英雄汇"上海小伙伴宴请伯乐闫老师一行。应闫师与十二间主人所邀,我以"花雨云湖山林、人乐尘世心净"为主题即兴小作。

2019-3-21

欲度尘心幻杜鹃,
山林湖云伴花眠。
人世独乐听春雨,
清净只在十二间。

梦雅思

可爱的雅思宝贝已送友人半年有余,我真的是魂牵梦绕啊。我周日来看望宝贝,真的好开心。我看到雅思在新家已经适应又分外受宠,我终于放下心来,小感而诗之。

2019 - 3 - 24

春分有无雨,红尘多少情。
汪语牵愁绪,金毛动吾心。
常忆娇萌软,每思甜腻新。
梦回不许泪,谁与伴君行。

忆联想之星

热烈庆祝联想之星上海办公室盛大开张!小感而诗之。

2019 - 3 - 27

忆昔联想取真经,前辈殷殷诉深情。
聚得群英三昧火,散却江湖满天星。
戈壁刀锋今犹记,瀚海黄沙伴君行。
相逢归来正年少,长歌豪饮共月明。

临港风恰轻

春日激滟,临港集团组织的临港自行车赛即将开始。公司的十二名骑手英姿飒爽,朝气蓬勃。期待着他们的好成绩!值得一提的是:公司健儿们在本专业是独当一面的高手,运动细胞也是着实了得。小叹而诗之。

2019 - 3 - 29

临港春日风恰轻,东海碣石浪不平。
公司健儿多努力,风云激荡冠三军。

月湖征吾几轮回

唯有春光不可辜负!安大安泰征吾即将起程,我在月湖再次拉练,小叹而诗之。

2019 - 3 - 31

激滟春光斗芳菲,
月湖征吾几轮回。
愿征黄沙千古道,
但饮楼兰琥珀杯。
子母阙畔听风烈,
玉门关外唤人归。
羌笛杨柳瀚海月,
可照征衣亮剑飞。

恋花枝

春光妩媚,小宇哥已醉卧春光中,沉醉不愿醒也。我遂小感而诗之。

2019 - 4 - 4

莫问芳菲恋花枝,春光摇落欲语迟。
香腮方觉东风软,柔荑恰拂杨柳诗。

世纪公园之戈友行

我即将踏上征吾之途,连续拉练。清明节,我在世纪公园冒雨小跑而诗之。

2019 - 4 - 5

为候清明雨,
戈友相携行。
春光润绿道,
樱花写风情。
漫漫征吾志,
浩浩劫不平。
跑罢天地远,
豪气谁与听。

世纪公园拉练征吾小感

  清明假期连续拉练，我们尽管实力弱，但士气高，豪气足。安泰征吾小龙虾队集结号吹响啦！

2019 - 4 - 6

为惜芳菲暖风熏，
何妨清狂踏歌行。
鲜衣怒马春浩荡，
剑胆琴心爱分明。
征吾历历不言败，
花木森森好练兵。
折却杨柳情窈漠，
阳关大漠可识君。

春感

春天的味道莫过于香浓的香椿,但贵极的香椿叶只得远远观望。
既然买不起香椿,只好自己种在小园,留着明年春天吃。
我自己种的红枫也终于长成啦!心心念念的日本晚樱一夜怒放,在浩荡春风里自在招摇,美艳了岁月,凝固了时光。隔窗小眺,爱煞也。遂小叹之。

2019-4-7

香椿灼灼写心意,
红枫落落诉衷情。
无计留春春不住,
遂伴晚樱共天明。

捕鱼有感

江南乡村水道纵横,鱼虾丰盛。为了龙鱼宝贝吃新鲜小鱼虾,我重拾童年抓鱼绝技,这两天连续夜捕,好在身手仍在,收获颇丰。我仿佛重温快乐的童年时光。小感而诗之。

2019-4-13

春夜景撩人,河畔小湿身。
偶秀摧虾手,小试捕鱼盆。
河鲜拾童趣,情网唤风尘。
恋恋心所系,谁与伴黄昏。

征吾铁志坚

　　征吾拉练已经进入冲刺阶段，感谢王博的带领，我们这些"小白"已经渐成"气候"。历经多次的紧张拉练，队形基本已经整齐，可以一战啦。小感而诗之。

2019-4-14

为赴征吾铁志坚，
安泰戈友情缠绵。
滴水湖畔柳拂岸，
东海碣石浪滔天。
汗滴骄阳炼心智，
血渗战靴洗诗篇。
奔罢何惧戈壁远，
寄取豪臆一醉间。

闻巴黎圣母院火灾有感

人类的瑰宝，七百六十年的沧桑，敲钟人卡西莫夫的永恒爱情，这一切，凝固于昨日。我期待早日重见这塞纳河畔的明珠，小叹之。

2019 - 4 - 16

忽闻法兰起火浪，千年瑰宝尽永殇。
痛忆钟楼耸天际，惜别圣母浴血光。
塞纳河畔笼泪眼，三世桥上断愁肠。
但得天公重建罢，携美纵酒共徜徉。

如梦令·晚樱

　　蓦然春光已老,关山八重樱已凋谢,花瓣纷纷扬扬,辗转于草间石上,煞是伤感。而紫藤不经意爬上架子怒放,给伤感的晚春增添一抹浪漫的春情。有感而叹之。

2019-4-18

如梦令·晚樱

不许芳菲消逝,残红写尽文字。
涕流春老处,花与侬共心事。
偏执,偏执,
断肠就是今日。

如梦令·紫藤

忽如一夜春老,
紫藤却喜风好。
青云当借力,
枝头芳菲尚早。
休恼,休恼,
天涯处处芳草。

不许花荫傍斜阳

两只鹦鹉要越笼,被我现场抓获取证!它们一个放风,一个开锁,可爱又可恼也!我原本打算喂食,也罢,罚饿三天。小感而诗之。

2019 - 4 - 20

三月小园春晖长,
金笼鹦鹉唤茶汤。
殷勤伺得浑不理,
狡黠却向明月光。
吾付真情多宠溺,
侬戏主人少情商。
停得锦食细思量,
不许花荫傍斜阳。

四月芳菲有感

　　四月芳菲，良辰美景。小宇哥精心种植的鲜花全部怒放。它们分别是：1. 欧月大树黄玫瑰，国色天香，雍容华贵；2. 大枝红玫瑰，妖艳绝伦；3. 欧月树粉玫瑰，状如芙蓉女儿面；4. 大红野生木香，花团锦簇，艳红似火；5. 重瓣孩儿脸大茶花，重门叠户，只为君开；6. 金黄洋牡丹，娇艳欲滴，楚楚动人；7. 野生草芍药，任是无情也动人；8. 野生藿香花，养在深闺人未识；9. 日本红枫花，花蕊初吐，迎风摇曳，小叹而诗之。

2019－4－21

人间四月春已醉，小院东风伴人吹。

姹紫嫣红浑不胜，遂伴蜂蝶共芳菲。

梦敦煌

　　我在交大操场拉练，征吾团队已正式成军。期待敦煌之战。有感而诗之。

2019－4－22

夜梦敦煌可飞天，

捣衣殷勤向酒泉。

不意瀚海轻颜色，

岂得男儿度流年。

玉门关外笛声怨，

子母阙畔铁血寒。

楼兰古城多少事，

逐风追月万仞山。

海军节咏叹

　　今天是中国海军节。青岛及其附近海域将举行各国海军舰艇海上阅兵，除中方参阅兵力外，俄罗斯、泰国、越南、印度等十多个国家近二十艘舰艇将参加检阅活动。中国首艘航母也列队接受检阅。百年中国海军，现在终于傲然崛起，一雪甲午之耻，我作为三线子弟，不由得分外激动。遂小感而诗之。

2019－4－23

中华齐努力，
大国当图强。
壮志汇铁浪，
风云壮海疆。
犹恨甲午泪，
今傲天一方。
帆起云涌处，
雄心逐日长。

南海羁旅思戈壁

深沪阳光明媚,但报因天气原因不飞!我原计划由深圳飞上海,再马上转飞敦煌参加征吾,这下手足无措。小叹而诗之。

2019 - 4 - 26

南海羁旅忆凉州,
关山迢迢寄离愁。
漫洒情泪不堪看,
遥寄戈友共绸缪。
鸣沙明月何寂寞,
敦煌夜风恰温柔。
且乞天公怜心切,
暂许浪子飞重楼。

咏蔷薇

春光灿烂，我精心栽种的蔷薇怒放了，满院芬芳。它们从墙上倾泻花浪，成为街角一景。一株双色，粉红加玫红，芳香袭人。暮春的花魁也！小叹之。

2019 - 4 - 27

四月春光盛，小院恣意生。
秀丽冠芍药，清香袭离人。
珍爱迷归路，私语对月轮。
几回斜阳立，东风好销魂。

敦煌征吾行

历经千辛万苦，我终于可以飞啦。一夜未眠，狼狈回沪，一早即赴敦煌！我即将开启征程，热血沸腾！小感而诗之。

2019 - 4 - 27

为赴平生志，
敦煌征吾行。
烈阳灼颜色，
沙场好点兵。
猎猎旗招展，
浩浩风不停。
愿执双飞翼，
金榜得头名。

塞外黄沙夜风劲

  我正式抵达敦煌,开始了征吾戈壁之行的挑战赛。塞外戈壁,关山窈漠。瀚海黄沙,征吾旗猎!小感而诗之。

2019-5-1

    塞外黄沙夜风劲,关山漠漠动豪情。
    愿奏瀚海胡笳曲,为助征吾铁血行。
    昆仑障畔旗猎猎,疏勒河上水轰鸣。
    借得倚天不言败,斩却楼兰千古名。

大漠瀚海夜风凉

交大安泰健儿壮志昂扬，一早收拾帐篷从营地出发，最终全部获得金牌，夜宿昆仑障，我热血沸腾！于星夜下小感而诗之。

2019-5-2

大漠瀚海夜风凉，
征吾刀锋泛青霜。
愿许黄沙多颜色，
敢叫日月共荣光。
戈友拳拳同守望，
征程漫漫笑挫伤。
且待金榜冠安泰，
昆仑障里恰激昂。

戈壁滩上的流浪

　　连续四天三夜的戈壁洗礼，一百多公里的大漠征程。我们用玄奘般之心灵苦旅挑战极限，证明自己。终于，作为上海交通大学安泰学院的一员，我以征吾亚军的奖杯交出自己的成绩。为所有的交大安泰小龙虾队的成员点赞；向安泰学院的高老师及王博致敬；向十一名坚持到底、拼尽全力的队友们致敬！于昆仑障的大漠星空下小感而诗之。

2019 - 5 - 4

我在大漠里奋勇地前望，
漫天的黄沙唤起愁肠。
我在昆仑障落寞地彷徨，
戈壁的斜阳漫起忧伤。
我是塞外迷途的野狼，
我在祁连山郁郁地游荡。
看，天籁静响，万物竞放。
云舒云卷，潮落潮涨。
我是戈壁滩匆匆的过往，
我是情海浮沉的老狼。
当愁思笼罩了斜阳，
当哀怨爬上了月亮，
当落寞染上了夜霜，
当憔悴塞满了胸膛。
听金戈铁马，看战旗飘扬。
饮烈酒酣畅，应怒火疯狂。
弹一曲胡笳的忧伤，

伴丝路花雨的惆怅，
用野雏菊的清香，
和我塞外的琵琶清唱。
我要划开那浩渺的银河，
让织女天天伴牛郎。
我要点燃那漫天的星光，
让流星在天空久久闪烁。
我要摘下遍野的萤火虫，
编织世上最浪漫的情网。
无边又无际，爱恨两茫茫。
可是天际传来羌笛的悠扬，
却是瀚海染满这游子的悲怆。
一任塔尔寺旁的独狼，
月圆时狂啸的忧伤。
纵斗转星移，
纵世事沧桑。
纵岁月消磨了激昂，
纵青春改变了模样。
纵秦砖汉瓦湮没于千年古城，
纵飞天霓裳褪色在残血敦煌。
可这不曾更改的狂放呀，
风风雨雨永相伴，
生生死死不敢忘。
我是情路颠簸的孤狼，
漫天的风沙伴我不尽的迷惘。
没有远方的远方，
没有归宿的流浪。
是谁在敲打心房，
是谁在雕刻时光，
是谁在冥冥中让落寞成河，

让孤苦结网?
为大漠胡杨，有风云激荡，
听烈士悲歌，看塞外斜阳。
我是绝不东还的玄奘，
我是伤痕累累的孤狼。
就在这星夜里嗥啸吧，
就在这戈壁滩凶猛地回望。
当征程起，当风雷荡，
当相思怯，当豪气长。
我是戈壁滩寂寞的孤狼，
大漠星夜里永远地流浪。

再梦敦煌赋

敦煌归来,夜不能寐,我思戈壁征吾种种,遂小诗志之。

2019-5-4

再梦敦煌泪暗生,
关山窈漠瓜州城。
不见飞天琵琶舞,
但闻羌笛杨柳声。
月牙泉畔寻不见,
鸣沙山上少故人。
犹记大漠旗猎猎,
翻作帐上刀剑鸣。
朔气不寒砾岩险,
壮士且向虎山行。
最是广驿星空窈,
昆仑障侧留照君。
风车阵里得胜令,
疏勒河上飞行军。
力竭非因大漠远,
热血却得任我行。
人杰当为征吾死,
壮士归来冠千军。
红旗阵里雷如雨,
勇士相携泪倾盘。

谁言壮志天辜负，
敢教豪情换平生。
归来江南不见沙，
平林漠漠窈天涯。
不见红柳胡杨树，
但见荼蘼绕云霞。
忽如一夜魂梦醒，
明月迢迢照吾心。
江南春盛无秦女，
高楼倚遍愁知音。
拍罢栏杆图一醉，
天涯何处共思君。

樱桃红

　　小宇哥精心栽种的中华野生大樱桃树结果了,红红的大樱桃只有十颗,非常难得,香甜多汁,令人回味良久。我可以骄傲地说,这种味道只有童年的时候享受过。吃了这种樱桃,才知世上最鲜美的水果为何物,可惜,现在很难寻得到了。遂小感而诗之。

2019 - 5 - 6

荼蘼花事醉春风,小院不觉樱桃红;
香腮轻薄多绯梦,只缘瑶台恨平生。

静安古刹柏森森

又来静安寺，我在大雄宝殿前的香炉焚香，静心祈祷。小感而诗之。

2019 - 5 - 8

静安古刹柏森森

静安古刹柏森森，

菩提树下黯销魂。

拜得如来不许问，

拈花一笑别倾城。

静安古刹梵音唱（外一篇）

静安古刹梵音唱，

大雄宝殿请檀香。

敛心拜师证因果，

叩首问佛度情伤。

红尘不解三千丈，

菩提开悟一米光。

修得轮回细思量，

拈花深处云水长。

塞外江南曲

戈友言塞外天水美女如云，艳冠江南。我不由得怦然心动，遂小诗以志之。

2019 - 5 - 9

塞外江南色，天水出芙蓉。
皓腕凝霜雪，罗裙似嫩葱。
一夕烟雨里，几回魂梦中。
风月谁与共，竞与花相红。

河间驴烧有感

正宗河间驴肉火烧，人间至鲜美味也！话说"天上龙肉，地下驴肉"，驴肉肉质红嫩、口感劲道，比牛肉的纤维要细，口感更好，没有猪肉的肥腻，也没有羊肉的膻味。小感而诗之。

2019 - 5 - 10

河间驴火盛，炭烧动京华。
色香远龙肉，味甘羞乳鸭。
小啖魂不胜，微醺情参差。
停箸天地远，花落知谁家。

圣露庄园同窗情

在美丽的北京圣露庄园,惊喜地遇见国合六期的同学,我一天的学习疲乏一扫而光。小感而诗之。

2019 - 5 - 11

国合六期秀真心,
圣露庄园不了情。
美酒将倾芙蓉盏,
琴弦已满玲珑心。
语笑嫣然同窗谊,
流光溢彩琥珀金。
聚罢诸君多努力,
明朝却向智者听。

机场候机叹

在机场枯等五小时,我尚不知何时可飞。
我从没听说过这种事,这几率可以买彩票啦!小叹之。

2019 - 5 - 12

机场郁郁不得欢,天涯羁旅莫凭栏。
明月漠漠照离恨,愁绪渺渺向天边。
未知归途知何日,且嘱家亲作欢颜。
安得猛龙踏飞燕,冲取青云一霎间。

樱桃恨野鸟有感

我精心栽种的野生红木香终于开花啦,艳冠小园,香气袭人,美极。这远非蔷薇、月季可比。

2019 - 5 - 15

不觉春尽太匆匆,
归来却喜樱桃红。
殷勤却恨谁家雀,
啄得空枝泣晚风。

玉皇山庄问情

于西子湖畔的玉皇山庄学习工信部领军人才课余,我见夏荷摇曳,小叹而诗之。

2019 - 5 - 18

西子湖畔喜曲荷,静心观止水扬波。
茶香不绿思享宴,柳青只染别离歌。
断桥窈窈苍山雪,问情脉脉灵隐佛。
洗罢红尘同阡陌,占尽风月谁与说。

大宋千古情

和工信部领军人才班的同学游历宋城,我瞬间穿越千年时空。思我大宋之繁荣富庶,小感而诗之。

2019 - 5 - 18

梦回大宋千古情,
揽尽风月慰吾心。
花灯玉面争相映,
杨柳河畔夜眠君。

问佛

有感宋城千古情,我忽思人世沧桑,最终不过是尘心未解罢了。小感而诗之。

2019 - 5 - 18

敛首殷勤问玉佛,缘起可得脱尘锁。
弱水三千因嗔起,烟雨一叶当奈何。
尘心未解玲珑锁,梵音不过无定河。
赐得偈语细思索,半为蹉跎半消磨。

夏雨居家小叹

夏雨森森,和风细细。我烹饪美食,下围棋,看女单羽毛球,难得开心。小叹而诗之。

2019-5-26

夏雨深深闭重门,和风斜斜度黄昏。
烹得佳肴最佐酒,敲得棋子好销魂。
愿逐羽球多铁血,不许岁月空泣痕。
弈罢香茗烟尚绿,一曲琵琶慰平生。

咏金丝桃

张江办公室外的金丝桃怒绽,亮黄加翠绿,美极!似乎又回到多彩的春天!小叹而诗之。

2019-5-31

谁言夏初尽青翠,
映日黄金斗芳菲。
荼蘼开罢我为主,
唤得东风去复回。

茶室休闲小叹

难得端午时光，我于书屋小憩。品香茗，读诗稿，赏收藏，斗红龙，人生之乐事也，小叹而诗之。

2019 - 6 - 9

偶得兰室点沉香，且将清茗细品尝；
不许诗书多泼墨，但得画笔润时光。
紫檀案上烟尚绿，博古架前玉吐芳；
喃喃鱼龙翻情浪，今夕何夕共徜徉。

海尔风云录

感谢浦东院士中心带队,浦东院士工作站企业家代表前往青岛海尔学习!向张瑞敏首席学习人单合一!我小叹而诗之。

2019 - 6 - 13

海尔沧桑起风云,
二十五载业常青。
人单合一定战略,
模式颠覆好创新。
互联生态当磨砺,
海外争霸可练兵。
东风原应我做主,
寰宇茫茫赤子心。

父爱唤深沉

老爸说，父亲节最好的礼物是晚上三两烈酒。陪酒不行，我只好陪老爸下棋。我认为，最好的礼物是教会老爸用微信，用手机下棋。小叹而诗之。

2019-6-16

炳炳父爱唤深沉，点点真情感慈恩。
纵酒豪饮拼千盏，横刀跃马冠棋神。
烈士暮年言不老，夕阳桑榆傲黄昏。
天公羡我应如是，浩荡东风又一轮。

观沧海

  我陪同父母大人视察大临港泥城及东海。见海天一色，海浪不兴。远处钻井平台耸峙，暮霭苍茫，浑觉天遥地远，人生苦短，豪气顿生也。小感而诗之。

2019-6-22

欲诉平生观沧海，
日月星辰竞徘徊。
天光帆影极穷目，
夏风暮色壮情怀。
何处苍茫渔歌里，
谁家灯火凤凰台。
郁郁壮志人不老，
借得东风踏浪来。

咏武功山（一）

  戈壁征战归来，安泰小龙虾队情意更浓。经历这三天一百多公里的超限越野，我已经对平常的长跑不感兴趣了。戈友林总更是如此。作为喜爱挑战极限的运动达人，林总直接设计了武功山的野外探险之旅。于是，群情激昂，大家一起来武功山再次集体挑战越野！小感而诗之。

2019 - 7 - 6

武功山上雨纷飞，灵峰秀玉满翠微。
云雾浩荡涤胸臆，溪涧奔涌动心扉。
奇绝不凌金顶侧，征途却惧铁索雷。
行罢诸君齐努力，踏罢罗霄风劲吹。

雄冠武功山

连续八小时奔波自虐，我们终于拿下武功山，而且二次冲顶，累极但欣喜。小叹而诗之。

2019 - 7 - 6

为虐平生向武功，烈风骤雨亦从容。
崎岖险阻争上进，峰峦逶迤折西东。
行难云雾彷徨久，林密泥道辗转中。
安得倚天铸金顶，冠得青名写华雄。

咏武功山（二）

美丽而神秘的武功山，我们连续两天长途跋涉，最终由萍乡上山，两次冲击金顶，最终笑傲而归。一路上，只见原生态的山林小道，悠闲的黄牛和美丽的野花，潺潺的溪涧，还有草甸、密林。感谢同居戈友的精心安排，我们继上次戈壁长征后再次聚首。这次经历了暴风、阵雨、云雾和烈阳，我第一次体验了罗霄山脉的雄伟与险峻。小叹而诗之。

2019 - 7 - 7

天地造化钟神秀，
江南险峻第一峰。
遥看金顶嵯峨处，
可得鬼斧伴神工。

上海滩咏叹

  湖北文理学院上海校友会 2019 年年会圆满结束。大家都是怀揣着对上海滩的向往而来。大浪淘尽多少英雄。青春不老,校谊永恒。于晚会小感而诗之。

2019 - 7 - 14

从惆怅到迷茫,
从徘徊到彷徨,
这上海滩的夜风,
可解我黄浦江的忧伤?
剪一段月光,
饮一口茶香,
用江南的梅雨,
滋润出天堂的月光;
从祈望到希望,
从哀怨到愁肠,
这黄浦江的迷浪,
可淘尽经幡的清霜,
叹一声静安寺的梵唱,
听一声转经筒的声响,
这多情的酒啊,
可许我美丽的女郎?
用那冰冷的眼光,
斩去痴情的守望,
用那浓密的睫毛,

遮住炽热的渴望。
多少岁月静响，
多少爱恨情长，
多少风云激荡，
多少青春流淌啊，
流淌成黄浦江的日落时光；
情思在悄悄酝酿，
灯火阑珊处，
可有心仪的姑娘？
那秋水盈盈处，
红了沙迦的油画，
醉了浪子的心房；
就在这夏风吹拂时凝望，
就在这夏雨潇潇时感伤。
哪里是没有归宿的流浪，
哪里是没有悲伤的过往？
哪里是不认输的倔强，
哪里是天堂鸟的飞翔？
就在这黄浦江畔惆怅，
销魂在上海滩的日常，
最是那低眉浅吟处，
寂寞轩窗，春华吐芳。

国合耶鲁之云飞扬

国合耶鲁班第二模块课程开始啦。这次课程在全国中华总工会的鑫园酒店开启,同学们再次相聚,分外亲切。我很荣幸,国合班重点宣传了小宇哥的公司。同学们星光闪闪,向大家学习。于月夜荷塘边小感而诗之。

2019 - 7 - 20

星汉涌灿云飞扬,沧海明月泛霞光。
感恩国合抒胸臆,俯首郑重写华章。
愿借同窗多豪迈,聊书壮志尽轩昂。
江山妩媚当如是,浩荡紫气向东方。

咏荷

鑫园盛夏,荷花卓立,超然无我。萱草怒绽,百果飘香,绿荔披离。放眼绿意森森,浑忘暑气蒸腾。遂小叹而诗之。

2019 - 7 - 27

鑫园曲池立红荷,
霓裳不卷恰凌波。
艳若冰雪当解意,
空余浪子赠情歌。

天准科技上科创板有感

　　五十年一遇的台风汹涌，我参观了首批科创板优秀企业天准科技，热烈祝贺金谷同学徐董，伟大是熬出来的，硬科技是必要的。小叹而诗之。

2019 - 8 - 10

为向科创取真经，今向天准视觉行。
风雨袭来情汹涌，斗志昂扬喜相迎。
征程不改凌云志，金榜恰题丈夫名。
待得姑苏傲世罢，春风十里好认君。

恨不相逢未剃时

　　中秋佳节，我原应静卧病榻，好好休息，但时不我待。我连续拼搏撰写数篇重要文章，累极。夜半失眠，遂于小院小叹而诗之。

2019 - 9 - 13

小院悠然寻兰香，云光天影共徜徉；
碧空澄澈关山月，禅心窈漠万里霜。
为证菩提原非果，方悟情怀好沧桑；
还君一钵无情浪，恨不相逢未剃时。

三林花鸟市场的记忆

我昨天下午去三林,最后看了看三林的花鸟市场,它已经被拆得差不多了,只有上南路门口的眼镜楼在春光中摇摇欲坠,显得分外伤感。

记得刚刚创业时,我在上南路3500弄金苹果花园的三居室买了不少花草,还有小金鱼。房东老阿姨看了喜欢,自己也买了,但不会养,专门请我过去教她。

不久,那个小小的鱼缸又换了个大的,我也升级养了地图鱼,真正成为养鱼达人。从此,三林花鸟市场成了我每周必去的地方。先买了地图,再是罗汉,招财猫,七星刀,最后是银龙。它们一条比一条贵,也一条比一条黏人。后来,我从办公室搬了出来,在洪山路的叠翠苑住下。这里有个小插曲,创业前三年,我给员工在耀华路的新世纪租房,自己却住在办公室,白天办公,晚上就在办公桌上睡觉。这一睡,就是三年。而鱼缸,就放在大厅的电视柜改装的地方。我每晚从办公室晕晕沉沉地出来,看到小鱼儿悠闲地游来游去,烦恼立马抛开,满满的斗志又瞬间燃起。三年的拼搏与苦修,我的事业在一点点向好,当时一起买鱼的女友却早已离开,奔向最大竞争对手——外企。我把三年的艰辛和血泪留给这朝夕与共的鱼。

当时三林的鱼老板要搬走,在他的怂恿下,我热血上涌,把一个一米八的鱼缸及好多名贵的鱼全搬了回来。当时,鱼缸非常重,鱼老板叫了好几个人肩扛手抬。鱼呢,我骑一个破车,用个软皮胶囊袋,来回搬了好几次才把所有的鱼放进去。

有两条大银龙,两条大的招财猫,两条真正的七星刀,三条凶猛的雀鳝,另外还有几条红色地图鱼和小白鲨。老板拍胸脯说,这些鱼从小生活在一起,相亲相爱,不会自相残杀。于是我痛下决心全买,当时,我非常兴奋。平生第一次有这么大的鱼缸,有真正的高档热带鱼,我开心极了。加了日本的热水泵和过滤器,这些都是当时最好的配置。最后一算账,虽然鱼缸便宜,鱼打折,但加上各种好的配置,完全超出预算,不得不佩服老板的厉害。

前面几天，各色鱼儿自由自在地游泳，彼此非常谦让。鱼王大银龙高高在上。七星刀主要在下面，时不时上下浮串吐个泡。招财猫喜欢在角落巡游，基本是按固定路线，比时钟还准。色彩艳丽的地图鱼们好像散步的淑女，小心翼翼地在上面自得其乐。而清道夫一看就是清洁工，终日勤勤恳恳擦玻璃。小小的生态圈很是和谐。

当灯光打开，飘逸的鱼群上下浮游，真的太美了。我经常一看一整天。

我每周会买新鲜的泥鳅喂它们。每到这时，所有的鱼忘掉优雅，如同疯了般冲过来，各显神通，大开杀戒。吃相都非常狼狈，让人忍俊不禁。招财猫是一口一个，笑眯眯地痛下杀手；刀鱼喜欢集团作战，四处追杀，把泥鳅吓得四处乱跳，经常还跳出鱼缸；而雀鳝真的像极了鳄鱼，静静潜伏，一旦猎物前来，立刻用长长的吻抓住。它并不直接吃，因为嘴太长，它常常是叼着挣扎的猎物游来游去，既是炫耀，也是宣誓主权。偶尔，银龙大哥会不顾江湖礼仪，猛地上前抢几口。它偶有得手，大多会被雀鳝灵活躲过。鱼的江湖，像极了人之江湖。只有可怜的地图鱼远远躲在一旁，这是素食者，需要单独喂鱼食。

过了三个月，我突然发现少了几条地图鱼，又过了段时间，发现大银龙尾巴受伤。每次看它，它仿佛说没关系，不用担心，然后再拖着受伤的尾巴悠闲地巡游，仿佛什么也没发生过。但某天，我突然发现银龙大哥去世了，我心疼不已，泪都流了下来。不知不觉，鱼缸只剩下了雀鳝、七星刀和招财猫。也罢，物竞天择。

后来，由于公司越来越忙，我经常出差，疏于照料，只好让同事们帮助照看。最后，只剩下雀鳝和招财猫。这两个最凶狠的家伙笑到了最后。

时光如梭，事业越来越忙。公司已经初露锋芒。但只要有一点时间，我仍会去三林花鸟市场买花花草草，自然又陆续添加了无数的鱼。最终，一切归于尘土。当年恰逢金融危机，公司九死一生，我自己也病倒住院，员工也差不多走光了。从医院回来，我眼泪汪汪地看着这个水缸，发誓再不养鱼了。那是我一生中最灰暗的日子。鱼缸懒于打理，最终，只剩下坚强的雀鳝饿着肚子陪伴我度过那生死一线的漫漫长夜。它们的顽强让我心酸、心碎又心痛。创业第五年，公司搬到张江，公司终于向死而生，发展壮大。于是，我忍不住又去三林买鱼，这一买，就是十二年。这十二年的创业租房生涯，还有这十二年的三林花草往事。

后来，公司做大，无法照料小家，我咬牙把鱼缸搬到了临港工厂，这是一个大工程。当时的同事告诉我，玻璃老化可能承载不住，会漏水。于是我把最后两条雀鳝放进去。尽管知道它们是凶猛的恶鱼，因为不舍这多年的情谊，故还是养着它们，不想它们成了公司的一道景观。客户经常来此驻足，很好奇地观看这两条长得像鳄鱼似的长嘴巴怪鱼在鱼缸里巡游。每次去工厂看它们，我就仿佛想起当年在金苹果的艰辛创业时光。每次我出差之前，会去花鸟市场买些泥鳅给它们加餐，两个家伙也如认识主人般，上下翻飞，欢呼雀跃。六年前的夏天，同事急电说，鱼缸漏水破裂，雀鳝兄弟仙去。我心如刀割，泪如雨下，再三请求同事将其埋葬在面朝大海的鲜花之地，这十二年的养鱼生涯就此终结。至此，我有好一段时间不再去花鸟市场。

四年前，童心萌发，我收养了一条小泰迪。那是四月，一个还在吃奶的路都走不稳的"小萝莉"，像一团毛茸茸的小棕熊摇着小尾巴偎依在我的脚下，可爱极了，我收养了它。从此，它成为家的一员，我经常带着小宝贝去三林花鸟市场。三年前，我结束十二年的租房生涯，小家搬到周浦。尽管远在三十公里外，还是忍不住，经常开车从中环去三林买花草，给小宝贝洗澡做发型。给小宝贝洗澡的宠物店老板听说我们的故事，很是感动，每次收费都很优惠。每次来三林，逛花鸟市场是我的必选项，仿佛不逛就浑身难受，总觉得少了点什么。一旦逛完，我神清气爽地开车回去接着战斗。乖巧的小宝贝每次都在副驾上静静看着窗外的风景，那是一段和谐而美好的时光。而三林花鸟市场，自然而然成为自己创业时光的永恒记忆。每每至此，十五年前的时光如幻灯片在我眼前掠过。它会告诉我，青春还在，爱情还在，梦想还在，那个离我远去的女孩还在平行世界的三林花鸟市场的入口等我。

但没想到，短短几天，这个至少二十年历史的三林花鸟市场就此终结。还没来得及告别就再也不见。

再见了，三林花鸟市场。我仿佛看到十五年前青春洋溢的我在市场左顾右盼。那时候穷，只买得起最便宜的冷水鱼、最便宜的小草花，但那时内心充满欢喜。再见了，三林花鸟市场，我还记得当年买鱼买花时的快乐，那是初恋女友给的甜蜜，尽管后来成为"毒药"。

再见了，花花草草，花鸟鱼虫。一段历史的终结，一段青春的回忆。

附录

公司之峥嵘岁月——凤凰涅槃

当2020年的新年钟声在外滩缓缓敲响时，我站在张江国际医学园区的蓝靛路与半夏路的路口呆呆出神，感到莫名的心悸，脑海全是春晓路办公室的情形。往事历历，从2015年年初到2019年年底，张江核心园区五年的光阴、青春与记忆如电影般鲜活地在脑海中掠过，斑驳陆离却又刻骨铭心。忧伤、快乐、痛苦与落寞交织在一起，五味杂陈，让人久久难以忘怀。

记得2015年年末，我们毅然从张江北大微电子研究院搬到春晓路的SOHO二期。

当时，公司在资本市场沉浸三年，已经初具规模。盛夏路北大微电子研究院的办公环境已捉襟见肘。经过讨论，我们最终决定搬迁，要求新办公室面积至少四百五十平，能容纳三十人，交通方便，离地铁近，同时，希望园区环境优美，配套齐全。当然，最重要的，性价比高，房租便宜，我们能承受。无论怎样，我们草根出身的创业基因不能改变。

于是，几经选择，我们把目光放到了春晓路的SOHU办公室。

相信，我是一见钟情。

张江情结

办公室系原临港管委会的办公旧址，为独栋的别墅结构。碧波路、春晓路、景明路、祖冲之路环绕拱卫，是真正的黄金地段，离二号地铁线张江站五号口只有几分钟的步行距离。园区景色优美，满目苍翠。道路绿柳依依，各种鲜花次第盛开，中心有一大片绿色草地赏心悦目，让人流连忘返。三十四号楼里面的小庭院北首有高大的银杏树、浓密的夹竹桃和飘逸灵性的木樨花树。东侧是翠绿的竹林、笔直的水杉，及长满红棘浆果的灌木。南面窗户旁伸满了茂盛的四季桂，每天早上都有各色斑鸠、喜鹊、麻雀、画眉以及不知名的野鸟跳跃鸣啾，生机盎然。窗外稍远处的草坪上，矗立几株巨大的广玉兰树，墨绿的树干如巨伞，撑起了半个草坪。西边是一排浓密的金丝桃灌木，初夏开花时黄灿灿一片，灿若云霞。

春晓路与碧波路路口左边是上海生物医药协会所在地，这是一个见证了诸多拥有原创核心技术的张江生物医药企业崛起的地方。路口对面是张江现代雕塑公园（张江艺术公园），里面小桥流水，各色花树、灌木、钢铁与石头的艺术雕塑间列其间，分外和谐与优美。其中有个鸟人雕塑是网红打卡地。爱因斯坦标志性的大脑袋上面站了一只好奇的小鸟，科学与艺术和谐组合，浑然天成，无一丝违和感。每次见到，我都会驻足凝眸，探索一下人类发展的终极未来和宇宙洪荒的演变规律。一想到人类在浩瀚星空中不过是上帝偶然遗落的一粒尘埃，一闪即逝，我原本被创业压力打压的疲惫与烦闷就一扫而空。

这里也是难得的张江绿肺，我一直想找个机会过来晨练，这是多好的锻炼场所，可惜始终未能成行。春晓路对面是一兆韦德，我有它的终生理事卡，但从来没有来这里锻炼过。巨大的工作压力使我一到办公室，就如上紧发条般无法停歇，根本没有时间锻炼。这家一兆韦德面积很大，可能是上海功能最全的健身场所，里面不仅有羽毛球馆、网球馆、游泳池，还有室外的足球场，当时我还在这里和同学踢过足球。有我这样一个在家门口上班却没时间去锻炼的会员，一兆韦德会是多么开心啊；而那么多青春靓丽的私教们又会多么恨我啊。办公室前面竟然是久负盛名的胡姬花幼儿园，我一直幻想将来成家了，上班时可以直接带宝宝入托，多惬意的想法，没想到，美好的愿望如梦幻泡影。从公司东侧门走向碧波路，对面是一间茶餐厅，每次有客户来，我们都会在这里吃饭，速度快，菜品好。而由碧波路向南过祖冲之路，往左三百米就是大名鼎鼎的二号线张江地铁站五号口，想当年，无数的"张江男"，背着电脑包，随着汹涌人潮行色匆匆。而上海大妈们很多时候手执传单，在此故意搭讪心目中的女婿。这个地铁站很有特色，从五号口下去，要穿过一个很狭窄的通道才能到达闸机那里，这一点经常被人诟病，设计师没有料到张江发展如此迅猛，新生代的人气如此旺盛。地铁的北边，是闻名于世的"宇宙超级中心"——传奇广场，这是见证了张江二十年发展的风水宝地，有无数的张江创业者曾在这里聚餐、喝咖啡或徘徊。这里诞生了无数的百万富翁、亿万富翁和知名企业家，也留下了无数失败的创业者落寞离开的身影。但张江鼓励成功、包容失败的基因代代相传。传奇广场临近地铁二号线五号口的人行通道是大名鼎鼎的黑暗料理一条街，有无数张江人最喜欢的各色小吃与跳蚤市场。中西混搭的美味让人垂涎欲滴，跳蚤市场的商品物美价廉，琳琅满目，还有富有诗意的洋名。但可惜，随着整改政令的颁布，一切美好一夜间烟消云散，永久地停留在老一代张江人的脑海中。

传奇广场的南边紧邻博雅酒店，博雅酒店是张江唯一的五星级酒店，也是我们经常举办晚会、宴请重要外宾的地方。这里还有夏季的啤酒之夜，满满的荷尔蒙和内啡肽。每年盛夏，博雅很应景地在旁边搭一个巨大的帐篷举行张江女神的选举，许多青春靓丽的张江"白骨精们"汇聚于此，落落大方地展示自己的美丽和自信，不仅比拼颜值，更要比拼才艺和综合实力。相较各大综艺节目的佳人，张江女神展示的优雅和才气是无可比拟的。

碧波路的两旁是浓密的樱花大道，可以媲美同济大学的。每年春季，从初春、盛春到暮春，各色樱花怒绽，次第盛开，美轮美奂，灿若烟霞。最有名的是日本河津早樱。高大的花树遮云蔽日，如朝霞，似粉云，分外动人心魄。一夜春雨催发，方始盛开旋又随风簌簌落下，花瓣缤纷，纷纷扬扬让人心生感慨，又油然莫名伤感。樱花何其美也，若二八佳人之初长成；樱花何其短也，若青春一去无复返；常常是一夜东风，花瓣零落辗转铺满林荫道，让人痛惜。我经常手捧花瓣雨呆呆出神，看着自己的芳华若樱花般绽放又飘散。

碧波路旁的轻轨是唯一一条商业运营的电轨，一块钱就可转遍整个张江。当年吸人眼球的售票员，都是刚刚毕业的穿修身制服的90后小姑娘。再往南边的中兴宾馆，是我们公司举办十周年年庆的地方，没想到五年后中兴母公司因美国的制裁而历尽劫波。公司靠春晓路的右前方是张江大厦，里面有颇具名气的上海股转中心，科创板雏形的机构。这里也是诸多具硬核科创属性的初创高科技企业汇聚的圣地。沿碧波路到科宛路就是张江的金融一条街和德国中心，各家银行纷纷在这里安营扎寨，公司也在这里开设了许多的账户。这里的银行为公司的发展壮大作出了重要的贡献。

可以说，办公楼的位置真的是风水宝地，尽管每年15%的租金涨幅让人颇为踌躇，但最终，我狠下决心，我相信公司的发展一定会超越房租的涨幅，于是确定落址。我们选中了三十四号的二楼，在楼前竖立了巨大的公司金属Logo墙，蓝底白字，豪气冲天。YUKING和公司名字几个大字在蓝天白云的映衬下熠熠闪光。后来，这里成为无数到访公司的友人打卡地，让我们充满骄傲。遥想当年，我们囿于实力，没有独立的Logo墙，每次路过张江其他著名企业的LOGO时总是心酸而艳羡，如今心愿终于得偿，无比欣慰，这是企业一路发展艰辛历程的写照。上家企业装修的格局甚好，我们在此基础上进行了简单的布置。终于，在2015年年尾，公司张江总部第三次搬迁，最终落在了我最喜爱的春晓路办公室。

我的办公室是靠西南的里间，办公桌上陪我创业的龟背竹绿意盎然，郁郁葱葱。四季桂在窗前摇曳，各色鸟儿每天都会来报到，窗外巨大的草坪赏心悦目，灿烂的阳光常常一整天照耀着我，我真的非常喜欢这里幽静、优美的环境。

伴着桂花、梅花、樱花、栀子花、白玉兰和常年必备的一盏绿茶的氤氲香气，我开启了在张江拼搏的第五个年头。没想到在这里，一待就是悠悠五年。

五年美好的光阴如流水，似行板，滚滚向前，滔滔一发不可收。当2019年11月公司决定搬迁的时候，我千愁万绪齐上心头。2019年12月，月底我最后一次来到办公室，看到眼前熟悉的一切，心在剧烈地颤动，眼泪不自觉掉下来。回想着五年以来的一幕幕，多少风云变幻，多少潮起潮落，让人无法忘却，历历鲜活浮现。

记得刚到春晓路，我们经历了诸多的人事磨合，战略规划调整，业务模式梳理，新产品的开发与试错，资本市场的博弈与磨难，科技创新的挫败和坚守，代表行业发声的辛酸与困惑，一幕幕都让人无法忘却，都是公司发展史上浓墨重彩的篇章，我们有过成功的喜悦，更有过失败的挫折与无数的打击，至今思来仍犹在昨日。

春晓路五年的光阴，我起早摸黑，奋勇拼搏，尽管无数的磨难、挫折、打击与非议纷至沓来，但强大的内心经受了所有的考验，我在逆境中跋涉与奔跑，绝不放弃，誓不低头，永不言败，最终我们挺了过来。挣扎在绝望边缘，我们一次次起死回生，一次次由弱变强，一次次由小变大。2019年年底公司渐渐走入正轨，多年的奋斗积累与逆境独行所形成的公司的强大竞争力让我们缓过劲来，逐渐加速奔跑，如同五点的朝阳，即将迎来喷薄而出的时刻。

2020年1月1日下午，我再次来到亲爱的春晓路办公室。此时，员工们都已打包完毕，即将搬往十公里之外的周浦张江国际医学园区。办公室如末日浩劫般让人感慨万千，我在会议室的荣誉墙旁合影留念，里面的荣誉记载着公司的发展史，每一个证书和资质都是用生命力换来的，让人不忍离去。我的办公室里书籍众多，已提前打包了六大箱的书籍和办公用品，还有一堆重要的文件资料等我归拢、整理。每一样东西都会让我想起一段难忘的过往，每一份资料都铭刻着公司发展的艰辛历程。如果不是大家帮忙收拾，我估计是无法完成。因为它们都是铭刻的历史，都是鲜活的生命，都在倔强地呼吸。终于一切完成，离别时天色已晚，暮色苍茫，寒鸦呜咽，最后一缕夕阳洒在办公室的窗上，闪闪发光，如模糊的泪水在倔强地跳跃。这是我最后一次在办公室留连，也是最后一次在园区徘徊，我在门外的 Logo 墙再次留影，作为最后的纪念和告别。院子的银杏树叶已落，满地金黄。夹竹桃与木槿树迎风摇曳，欲语无言。周围的一切是如此亲切，又是如此陌生，时光仿佛凝固未动却又在不知不觉中流走，再见，张江核心园，再见，春晓路，再见，春晓路办公室。我将离你而去，你却将永驻我的心间，每当夜深人静时，每当月色如水时，我会从脑海里将你翻出，一页页地晾晒。我的情感、我的思绪随着你的复活而跳跃，那是属于我们酸甜苦辣而刻骨铭心的奋勇拼搏的五年。

团队的培养、企业的愿景

历经十年发展，公司已经成为新三板的明星企业，中国水溶性高分子行业的领军企业，在国内外都拥有了一定的知名度。应该说，我们已经拥有了自我造血的能力，已经摆脱了发展的生死关，已经有了成熟的管理团队，正在由崎岖小径向星光大道的方向疾驰。但事实上，掀开华丽的外衣，我们团队还是弱小幼稚未经风雨的少年班，核心团队的培养锻造和建设欠缺巨大，企业的核心人才短板效应非常明显。

回首创业这些年，我培养了一支在本行业值得称赞的高效、精干、忠诚、专业、年轻的团队，但我明白相比其他行业的狼性团队，我们差距巨大，只能算是矮子里的将军。2015 年夏到 2019 年夏这五年是公司由量变到质变的重要时期，我们经历了太多的风雨与挫折，太多的磨难与打击，也收获了诸多的成绩与自豪，荣誉与赞赏。这一路走来，真的是连滚带爬，步履蹒跚。我们尽管坚信前程极其美好，但是每一步都那么痛苦。我们每当摘得一个鲜红的果实的时候，后面就一定会狠狠摔一大跤，等擦干了眼泪，再次前行奔向下一个战场时，我们发现还有更多的洪水猛兽在等待着我们。

水溶性高分子行业战线长，门槛高，盈利慢，条件艰苦，相比互联网等短平快的风口行业，存在天生的不足。我们的研发周期长，生产成本大，国外客户多且散，批次多，产量小，产品标准和客户要求千差万别。若没有足够的技术功底，根本无法正常操作，不像别的大众商品，简单培训即可投入实战，我们需要经年累月的学习才可出师，因此公司从建立之初，我就全力培养人才、打造人才、储备人才。从实战看，我们的人才培养有许多值得反思的地方。我们培养的团队能吃苦中苦的几乎为少数，同时一旦有优秀员工培养出来，常常因不能忍受寂寞清贫而流失。一旦人才流失，对我及公司都是严重的打击。平心而论，公司的工资报酬并不高，我们是靠企业文化，靠激情与梦想留住大家。而外面的光怪陆离的物质诱惑远超于公司的回报，所以人才流失无可厚非，但对公司来讲是不可承受之重。一个核心人才的培养需要三五年，甚至可能更长时间。他们到能够反哺公司的时候，也是最容易流失的时候。大多数离职员工选择的是别的行业，他们对公司充满感情，这是公司感恩文化的传承，留下的优秀员工大多数是毕业伊始就到公司，公司是他们的第一份工作，他们的忠诚度与归属感都很强。然而，他们没有经历外界雨雪风霜的洗礼，没有和外界高手同台竞技的实力，没有愈挫愈勇的高逆商，许多员工经不起打击和挫折，只会打顺风拳，是养在温室的小花，心理脆弱，只能哄着来，稍有打击，就稀里哗啦一败涂地。还有的员工单纯善良，在商战中没有任何的防范心理，从而给公司造成不可挽回的损失，付出血淋淋的代价。这一切都是我们在培养人才和团队建设中经历的曲折历程。我们的核心团队也在这磕磕绊绊中逐渐成长、壮大，成为公司的中流砥柱。

2016年年底公司发展业绩较为稳健，经过努力的运转与磨合，公司的团队架构的搭建已经成型。相比之前应该说有了质的飞跃。我也明确了自己的定位，有所为，有所不为，已经不像之前那样，废寝忘食地冲在市场第一线。我已将重心转为公司的战略发展和规划、商业模式的设计、企业文化的梳理中。我逐渐将公司具体的管理职能分解到各部门，科学的管理和分工才是现代企业发展的不二法则。最终，公司以CEO为核心的现代企业经营管理理念最终推广实行。我们的管理团队尽管年轻，但锐气足，拼劲强，充满了斗志。这给了我极大的信心，也帮我减轻了巨大的运营压力，让我把更多的时间放在宏观布局、研发创新和战略规划上来。企业的发展，既要脚踏实地，也要仰望星空。一个创始人的格局有多大，视野有多广，胸怀有多宽，企业的发展就有多高多大多远。从创建公司伊始，我们自身不断地修炼。企业的发展得益于国家对科创型民营企业的重视和扶持，公司在良好的科创土壤中自由而茁壮地迅速成长、壮大。现在，我们的愿景是做中国的水溶性高分子航母。

核心竞争力的设计

相比世界知名的外企和国内的优秀同行，弱小的公司要实现弯道超车，逆势崛起，必须要有更高的定位、视野和格局，还必须要有更加过硬的技术底气和科创实力。因此，我将更多的精力放在公司及行业的战略规划与布局，核心竞争力的锻造及科技创新的突破上。这是一个更高阶、更重要却更底层的无形战场，征途漫漫，道阻且长，我火力全开，全力以赴。

我把水溶性高分子行业的发展和推广当作重要的工作，从国家标准申报、研发专利相关的申请与布局及向相关上级主管部门建言献策等方面全力推进。这些见不到效益又极其耗费时间精力与费用的工作，在当时很多人都不看好，从当时实际情况看，他们没错，这是一个烧钱的无底洞，既不产生效益，又不能带来可见的实惠，对企业看不出任何的好处，还要受无数的挫败与非议。当时还是以销售为王、轻视研发的年代，我这种以核心竞争力的锻造为第一要素的打法显得格格不入。当时有位知名投资人直接批评我。他说公司如果不做研发，把占销售额6%的研发费用省下来用于营销，相信公司的估值会是现在的十倍。这些标准、专利、奖项没有任何用处，徒劳增加成本，资本很不看好。当时我哑口无言，但我坚定自己的信念，咬着牙坚持走下去，拥有核心竞争力和行业话语权是我的梦想。我相信我所坚持的梦想总会有一天会绽放光芒。

同时，我一直有一个心愿，编撰中国水溶性高分子教科书，从学科建设的角度规范行业行为，培养潜在的行业人才后备军。水溶性高分子最大的特点是绿色环保。行业发展了，人才储备有了，大环境好了，企业才能更好更快地发展。这个梦想在当年是天方夜谭，但我相信它一定会实现。于是我做了充足的准备。能否成功，我真不知道，可以说全凭自己的信念和情怀支撑自己。信念和情怀是一种很奇妙的东西，它无法用金钱和物质衡量，但是它可以让我们坚持忍耐，忍受清贫，历经千辛万苦而不后悔。

学术专著的编写纷繁复杂，耗时耗力。一方面占用我相当长的工作时间，另一方面我也不得不尽量压缩休息时间。我一早起来写作，然后白天正常工作，晚上再次写作到凌晨，有时半夜三点还在伏案编写，一坚持就是三年。对旁人来讲，这几乎是疯子的做法，但我坚信人生短短几十年，梦想一定会绽放出最璀璨的光彩。时光如水流，要珍惜，过去就再也抓不回来。频繁的熬夜让自己伤痕累累，原本壮硕的身体渐渐伤病缠身，但我当时不以为意，实在不敢浪费这美好的华年。

资本磨难

2015年年底到2016年中旬，公司业绩如预期发展，核心团队搭建完毕并运转顺畅。我一手提拔成长起来的总经理虽然年轻，但非常拼搏，公司培养的董秘也进步神速。我们的业绩稳中有升，公司已经进入新的发展阶段。我雄心勃勃，四处参加路演，准备早日把企业做大做强。这时候有个小插曲，我们的财务即将当母亲，她依然战斗在最前线，这种忠诚而拼搏的员工是公司的脊梁，但后备军的招聘已迫在眉睫。不久，我们顺利招聘到新的财总。她非常努力，短时间就进入状态。在2016年上半年，公司运转良好，业绩蒸蒸日上，但市场往往瞬息万变，能否从变化中捕捉商机也是对经营者的严峻考验，2016年年中，已做市的公司因对日异月殊的资本市场缺少嗅觉而吃尽苦头，这让我深刻地认识到创业的艰辛与资本市场的无情，我之前始终坚信同一战壕的战友必须同舟共济、同甘共苦，而不应该明哲保身，落井下石，但现实的残酷让我醒悟，做企业可以有情怀，有血性，有同情心与同理心，而现实常常相反，冷酷而决绝。换位思考，我既然走上这条道路，就得学习这种方式。我们要拥抱优质的资本，让它给企业插上腾飞的翅膀，但也要远离不良资本的陷阱与泡沫，要拥有一双明辨是非的火眼金睛。既不能被资本的泡沫所迷惑，也要有足够的实力让"妖精"无法上身。无论如何，我深知，公司不能倒，我不能倒，最终，在极度艰辛的情况之下，我们成功化解了危机，但其所引发的后果远超最初的决策以及设想。这些血的教训只有真正的创业者才能真正体悟。历经种种灾难之后，公司再次雨过天晴。

此后，公司进入平稳发展期。公司的团队也已经磨合得较为顺畅，我组建了在当时看来，相对高效的管理团队，我们的销售、生产、质量管理都陆续引入高层次人才，再加上原有团队的崛起，我们的管理团队可以说已经真正地成长起来，这是令我感到欣慰的地方。2016年公司的业绩不仅未受外界影响，反而稳步前行。年底，我们全年销售收入创历史最佳。同时，我们多点开花，在新产品开发及科技创新等领域取得了一系列的傲然成绩。

行业话语权的锻造与奋斗

历经磨难，终见曙光。我们在核心研发、科技创新的路上孤独地跋涉多年，忍受着寂寞清贫与别人的不解与嘲讽，用汗水血水和男人的坚韧与尊严点亮科技创业、产业报国的希望之灯。终于，十年种出的希望之苗慢慢开花结果。

承载着十年的梦想，我们的国家标准于2016年10月正式发布，这是中国水溶性高分子发展史上最重要的时刻，我们终于制定了自己的国家标准，中国的水溶性高分子行业历经三十年的发展，终于壮大。我们不再仅仅是产业链的低端，我们在更高维的知识产权和标准话语权方面已经迎头赶上！我们拥有核心自主知识产权的产品已遍布全球近百个国家。

我牵头编写的《水溶性高分子》专著已经进入冲刺阶段，从2015年开始，我们组织了业内二十五名顶尖的专家学者共同讨论编写方案及框架，在十个城市召开专题研讨会，陆续确定编写的纲要、章节、主体内容，再经细化讨论分工协作，最终进入编写期。我前期可以说是呕心沥血，疾病也在这时集中发作。网球肘，颈椎病，肩周炎，腰肌劳损，腰椎间盘突出，胃食管反流，神经衰弱，高尿酸血症几乎一夜之间全部出现，差点把自己彻底打倒。长夜漫漫，唯青灯一盏，清茶一杯。但信念与激情更加炽热，因为现在，我不是一个人在战斗，这些可敬的编委们都在一起拼搏，为中国的水溶性高分子事业在奋斗！

在科技项目申报与人才奖励领域，我们经过十年持续的拼搏，最终苦尽甘来，高奏凯歌。2014年3月，我被评为"推进计划创业创新人才"。对一个科技型创业者来讲，这种骄傲自豪远胜于资金奖励。作为一个孤独跋涉多年的科技型创业者，终于见到了和我一样有共同理念的同行，我分外兴奋和激动；他们很多都和我一样，左手握试管，右手拿笔。一边搞科研，一边搞企业。历经十年的磨砺，我一路狂奔，已由量变转为质变，成为业内的优秀代表。

战略新兴产业在崛起，自己在从事的水溶性高分子领域也终于能有机会一展拳脚，2016年，我们曾多次受邀参展、参加访谈，将公司的产品与品牌推向更大的舞台，早日成为中国的水溶性高分子航母，不负这百年盛世的机遇，不负自己的青春年华。

神奇的2016年，我还有一件无比感恩的发展机遇。因缘际会，我有幸参加了央视CCTV2"创业英雄汇"的选拔，一路过关斩将，最终在央视CCTV2的演播室和诸多投资大佬同台，进行了精彩而激烈的项目答辩。我凭借扎实的学术造诣和企业的厚重实力，也凭借着创业者的那种真挚激情和坚持，最终打动了诸多投资人，我在获得投资的同时也收获了无数观众，取得了极大的社会效益和影响力。同年十月，我荣幸被评为"中国十大创业榜样"，作为科技创新的代表闪亮登场。我在获奖的一刹那，眼泪差点夺眶而出。多少年的奋斗拼搏，多少年的坚持和忍耐，多少年的清贫和痛苦，在自己和公司还十分弱小的时候，我们被给予最隆重而盛大的表彰，这将激励自己在水溶性高分子行业再接再厉，奋勇拼搏，绝不言败，永不回头。

团队危机的救赎

2017年年初我们在张江举行了简朴而隆重的年会，一方面对2016年工作全面复盘，另一方面也是对员工辛苦一年的答谢。但与此同时，外界对我们业绩的质疑也给我们敲响了警钟。自己内部取得了一点小成绩远远不够，内外的预期存在天壤之别。我们现在已经是做市的公众公司。遗憾的是，我们内部团队依然生活在自己的小温室里，根本没有意识到外部越来越强的压力。我全力保护着我们的弱小团队，尽量把外界的压力隔离开。但最终，福祸相依，我一手打造培养的年轻团队最终没能撑起公司振兴的大旗，没能经受外部压力的考验，没能完成既定的考核目标，在2017年败下阵来。我没能更早一步意识到自己及团队的不足。如果我当时就强力整改，引入高层次管理团队，或许公司会是另外一片发展天地。原生态好还是空降兵好，真的没有固定的章法，只能说物竞天择的结果才是最好的。2017年中期，中报不好看，但管理团队的踌躇满志让我放下心来，然而2017年下半年，财务部持续告急，公司现金流因不良客户的拖欠及银行的问题酿成危机。事件越来越严重，我们错失解决问题的最佳窗口期，公司再次陷入深深的困境。

我愁肠百结，多方聆听建议，仔细反思自己决策的不足与得失。在年底，我们的财总提出离职，她从2015年到2017年为公司的发展立下战功，但很遗憾她的孩子即将高考，家庭的压力让她左右为难，最终选择离职。受公司业绩不佳的影响，团队也出现怨言。一时间，山雨欲来，黑云压城。在2018年春节前夕，经过一系列肖申克式的救赎与堂吉诃德式的进攻，我们终于稳定了局面，也下定了向死而生的决心。这是一场没有硝烟的战争，这是一场自救拼搏的战斗，这是一场从上到下、自内而外的革新，这也是我们被无数次击倒之后再次强有力地反弹崛起。经过多轮的筛选，我们确定了新的CEO、CFO人选。新任CEO年富力强，有志向，有能力，有抱负，动手能力强，执行能力强，性格坚韧，绝不拖泥带水。他之前又是化学专业的学生，尽管对本行业比较陌生，但短期内就迅速进入状态，认可公司的企业文化，坚信水溶性高分子将是下一个战略新兴产业。经过股东的力荐，多次的交流与沟通，我最终下定决心，将其引入。

CFO作用巨大，但临时寻找CFO极其困难。公司虽然不大，但定位高远，布局甚多，从事领域宽广，各项功能职责交叉，绝非简单的财务主管可以胜任。CFO对于公司的发展要提前进行规划与布局，要螺蛳壳里做道场，满足各方的要求，这是一个庞大的系统工程，许多来面试的财务都被吓跑，一时间真的让我举步维艰。我们原有的财务团队在非常时期分外给力，在CFO突然离职之际，大家的小宇宙反而激发，确保了公司财务的正常运转。每当想到这里，如同在最昏暗的街道，亮起了信念的灯光。

春节前夕，临放假之际，我陷入非常被动的局面，原本按照规划，公司要发年终奖，但公司现金流极其紧张，已然无法发放。最终我决定孤注一掷，宁可自己借债，也要替管理团队完成承诺，坚持按时发放工资及年终奖。许多员工可能到现在都不知道公司当时的困境。我的决定或许是错误的，但无愧于心。如同不过江东的项羽，英雄的豪迈是一个悲剧，但这没什么，这是公司的劫数，也是我们向死而生的战鼓。我相信，无论多难，人定胜天，公司绝对不会被打倒。

春节后，经过无数次的拼搏与努力，我的激情与豪迈感染了我们的管理团队，也打动了外部的合作友人。最终柳暗花明，我们新的 CEO、CFO 顺利到位，公司的贷款问题得以解决，我们的至暗时刻已经度过。这里，真心感谢我们的 CFO，她是公司创建时的五位元老之一，在外打拼多年，早已是财务领域的专家。她既是同济 MBA，又是德国留学研究生，还是注册会计师，加上十多年会所审计师的资历，原本有更好的选择，但听说公司需要，春节立马从外地赶回支援。这样，我们专业、精干、高效、团结的核心管理团队搭建完毕，焕然一新的公司战车再次昂然前行。

危机与自救

2018 年早春二月，春寒料峭，摆在面前的是刚刚渡劫的公司，负重前行，茫然四顾。

当时，我们国际销售团队遭受重创，国内团队深陷客户拖欠货款危机，临港公司因为进料加工业务整改停产。雪上加霜的是我们投巨资的新工厂因外部客观环境的障碍按下暂停键。

公司在临港的发展历经十年。我们亲身参与并见证了临港作为国家级自贸区，新片区的日新月异的变化。我们因是临港最早的一分子而骄傲。公司的团队也大部分落户临港。可以说，张江总部和临港工厂已经成为公司最为重要的两个根据地。

随着企业的发展壮大，我们深刻认识到临港公司原有格局的不足。原有的空间已经不足以支撑我们的发展。原本四楼作为生产及办公的场地，后来全部转为生产。一楼作为仓储，我们每月的物流吞吐量已经超过上百吨。二楼作为精装的办公区，一半是漂亮的办公室，一半是高大上的研发中心，这也是我们的院士工作站，给我们的研发提供了源源不断的动力。后来又建了现代化的微生物实验室。当时临港还没有生物医药企业，这个规模在整个临港绝对排第一。三楼也在物业的支持下给我们友情价使用，每一寸空间都被我们利用充分，后续的生产无法再行拓展。重型装备只能放在一楼，怎么办呢？于是我们将眼光放到旁边的另一栋楼，这里一楼有五千平，是我们梦想的绝佳生产场所，解决了大型设备安装的承重问题。幸运的是，前家企业恰好搬走，这给了我们机会。

在主管部门的支持下，我们下定决心建设符合 GMP 标准的 PVPI 洁净厂房，这是我们公司有史以来最大的投资，历经三年最终顺利建成。当时，真的非常激动，从张江药谷的研发，到临港基地的建立，公司工厂的面积从2010年的五百平，到2017年的八千多平。我一步一步走来，是多么不易，但不想征尘未洗，又是霹雳迎面而来。

因外部规划调整，我们新厂房无法申办新的环评。这意味着我们的新建厂房，还没投产就需停工，它必须要有环评批复才能启动。在当时环评一刀切的大氛围下，这似乎成了死结。我们前期投入的巨资已经转化为漂亮的厂房，在临港的晴空下熠熠闪光，殷殷期待着能够早日启动发力。

从临港工厂出来向东开两公里到底，经一个斜草坡就来到东海岸边。猎猎的海风吹乱头发，冰凉的汗水已经风干。海天一色，暮云低垂，汽笛呜咽，征帆点点。远处塔吊林立，灯火明灭。细细想来，我在浦东已拼搏十五年。从浦东耀华路的江边辗转到上南路的川杨河畔，再由张江达尔文路的创星园，蔡伦路的张江药谷，盛夏路的北大微电子研究院和春晓路的SOHU二期，一路拼杀到临港的东海岸。征程漫漫，劫难浩浩，十五年的拼搏，却越拼越难，越拼越累，想起当年创业失败在黄浦江迷茫的经历，恍如隔世。

祸不单行，在此紧急时刻银行爆出红灯，又是一个巨大的打击！

我们合作多年的银行突然提出无法续贷，在2月份原本确定续贷且手续已办理完备的情况下，银行要求提前解除贷款协议。银行行长对企业深表歉意，说明因故不能续签。最初我不敢相信，银行的业务经理也无法相信，但几经确认，确是事实。

这不是银行的原因。银行对公司表示同情，但爱莫能助。我们的信贷此刻处于另一个浪尖风口。同时，随着外贸业务的增加，进料加工的担保资金越积越多，加上国内拖欠货款的客户恶意赖账，久拖不还。原本可以用于流动的资金全部被占用，我们还不得不提前还银行的贷款，这简直是天降横祸。一时间，黑云压城，山雨欲来。

值此紧急时刻，越是艰难，越能激发我们的斗志。

各级部门知道我们的困境后迅速实地调研，多方联动，急企业之所急，最终帮我们解决了环评的问题，帮助企业起死回生。我们的临港工厂终于保住了，正式开始了生产。不久，临港制造的高稳定聚维酮碘就远销全球上百个国家。

同时银行帮我们出主意、想办法，最终同意贷款展期半年，并积极推荐了国内其他的友好银行，在最关键的时候帮公司克服现金流危机。

感谢这些理解、支持、同情公司的各方友人。他们有一颗帮助企业发展壮大的心，最大可能地帮助公司这样的"小华为"高科技企业越过难关。

但公司依然暗流潜动。我要求原有团队无论如何都不能给新任 CEO 添麻烦，要在新任 CEO 上任之前消除一切隐患，这是我们的责任与担当。我们一定要迎难而上，一定要把命运握在自己手中。在最关键的时刻，我们的公司子弟兵，我们公司的娃娃军团队终于觉醒、爆发，大家展现了公司应有的责任、荣誉与担当。整个管理团队都置之死地而后生，没有撂挑子，推责任，主动请缨，攻坚克难，在最低潮的时刻爆发出难以想象的能量。

在进料加工战场，我们经历了无数次的整改、审计、再整改的环节，最终看到胜利的曙光。在海关老师的指导和帮助下，我们的进料加工业务日益规范，最后成为同行中的佼佼者，为我们海外新的市场开拓提供了新的强大动力。

与此同时，我们的国际贸易急剧下滑，我心急如焚，亲自上阵，带着团队重新出发，激发大家斗志，同时率队远征多国，把最重要的客户稳定下来，巩固代理的关系，大力拓展新的业务，开发新的市场，推广新的产品，带领团队开会、厘清认识，鼓励招聘新人，增加新鲜血液，最终国际部上下焕发一新，在 2018 年上半年业绩惯性下跌的情况下，从 5 月份开始，业务触底反弹，迅速地壮大起来。国际部是公司的命脉，业务回升，极大地激发了公司的士气。在外部战场，我四处出击，看好公司的合作伙伴们，纷纷献计献策，在公司的关键时期提供智力支持，其中有开拓商超市场的渠道商，有意向投资公司的投资者，还有看好公司的其他银行等。大家的帮助让我感动备至，增强了必胜的信念。在公司发展的关键期，总有那么多无私奉献的领导和友人，我真心感谢他们，感谢他们最好的方式是公司争气，早日发展壮大。国内的销售我们也多方努力，联系了一大批潜在的客户和合作伙伴，经过辛勤的努力，我们分别和国内几个大型医药企业和印染企业建立了联系，这在之前是我们敢想不敢为的。此外，我们积极破局，在新产品的研发与市场营销上投入重兵，我们的研发团队也逐渐趋于成熟，由最初的自卑与迷茫到现在的自信与骄傲，这些是用无数的时间、财力、精力与失败淬炼成的。

团队的自我救赎

2017 年终于过去，2018 年已然到来。创业十二年，原本认为公司已经经历初创生死期、幼儿期，进入快速的成长期，公司各方面的架构已然完整，模式已然清晰，团队已然成型，我们凝聚的核心竞争力正逐渐发力，未来是一片大好。但 2017 年的挫败给我敲响了沉重的警钟，或许团队尚未认识到此种无形的压力，但作为创始人，我已经焦虑得无法呼吸。千里之堤毁于蚁穴，后续的发展如果不调整，溃败就在一霎间。真的没想到，创业十二年，我在辉煌的时候会经历如此黑暗的一夜，而我也不复当年之盛，不再如当年一个人可以在外贸仓库上下翻飞，可以连续搬动货物而不觉得累。现在我们是一个庞大的团队，只能依靠高效的组织与管理。幸好我们的基本功强劲，企业文化已浸润到每个公司员工的心里，尽管伤痕累累，但仍然如打不死的小强，在绝境时进行最强力的反弹。

在上半年到五月份，我们做了几件大事：

第一，持续清理历史旧账，防止欠账扩大化。在最紧要的关头，团队终于彻底警醒，不再纵容不良客户的拖延与耍赖言行。我们碰见了国内几个高智商的骗子企业。单纯的公司团队完全不是对手，即使官司打赢，也面临无法追回货款的令人崩溃的局面。但失败了不找理由，当务之急是从哪里跌倒从哪里爬起，绝不言败。截止4月底，我们最大的难题基本都厘清了，梳理了解决脉络，并取得了进展。

第二，国际业务开拓。值此多事之秋，当务之急是稳定团队，稳定客户，同时大力开拓新的市场，要业务为王。除了存量的增长，更要保证增量的扩大，只有业绩的拓展才是安抚团队、壮大企业的最佳做法。故整个2018年，我连续参加十余场国内国际展会，横跨欧亚非大陆，这也是公司成立以来，参加国际展会最多的一年，我们南征北战，开疆拓土，辗转多国约见数百名潜在客户。我们的付出与拼搏终于获得了丰硕的回报。经历前半年的停滞与波折后，我们的国际业务逆势崛起，下半年开始快速地增长。至此我终于长舒一口气，在上半年，我火速提拔业务骨干作为国际部经理，经过一年的磨砺，他从开始的不能胜任到后面的独当一面，迅速弥补了国际部的缺陷。我们的国际部是好样的，是一支能打硬仗、敢拼刺刀的优秀团队。

第三，国内业务开拓。国内部是我们的另一条腿，但始终软弱无力，国内部经理格局尚需提高，传统的贸易业务及PVP业务始终处于爆发无力、增长有限的困顿局面。我清醒认识到现状必须破局。首先，寻找适合市场发展的新产品，新市场，新领域；其次，积极求变，探索非PVP的业务，尽量寻找体量大、利润高、竞争强的新模式。经过努力，我们在水产的浓缩液，人体润滑剂，水性分散剂等领域尝试进攻并取得一定的成效。整个2017年，大力培养的水性分散剂项目开始取得一定的业绩。我们也审时度势，成立了国内二部。至此我们另一个有竞争力的精干团队搭建成功，极大增强了国内业务部门的自信。在日化和消杀部门，我们也没有消极等死，而是积极求变，逆境求生，我们分别会见了诸多的合作伙伴和潜在客户。历经数年的努力，我们的聚维酮碘消毒液在多个知名医院站稳了脚跟，我们公司化妆品建立了京东与淘宝网站，产品的质量已经得到诸多大腕及客户的认可，但因为前期的过度投入和合作伙伴的不作为，现在仍然是举步维艰。我们分别拜访了美妆业的各方大佬，最终仍在倔强地求生，探索适合自己的模式。无论如何，我们的业务最终在下半年持续爆发，没有崩盘，这是万幸，也是公司的魅力，打不垮打不死，一旦倒下，必将更加迅猛地反扑。

在新任 CEO、CFO 的磨合时期，我们奋勇拼搏，整个公司都已知道我们的现状，大家没有抱怨，都在全心全意往前冲，逆境崛起，再次腾飞。

2018 年 6 月 20 日，CPHI 世界原料药展在上海开幕，我们的展位人潮汹涌，外宾络绎不绝，我在展会举行 PVP 的学术报告，收获了一批国际粉丝。我们在张江的酒店精心组织了迎接外宾的晚宴，第二天又郑重邀请重要外宾来家里做客，安排了琵琶表演、茶道书法等，老外们还兴致勃勃地品尝起美酒，我们的招待让大家赞不绝口，彼此迅速拉近了距离。我们的活动让他们更加了解到公司的厚重实力和企业文化。我们的大度、友好和坦率让他们深受感动。三天的展会，我们收获颇丰，也让同行们非常羡慕，在展会上我们分别签署了意向订单上千万，这给团队吃了一颗定心丸。在最艰难的六月，公司发力了。

生产基地的建设与梦想

与此同时，另一个高潮正式掀开序幕，6 月 25 日，我们兵分两路，分别带领外宾奔向我的家乡签署了公司有史以来最大的投建项目——医用水溶性高分子工厂建设，我们在家乡的工厂拟占地一百亩，将打造成中国先进的水溶性高分子 PVP 项目。在正式签约时，我异常激动，因为它承载着我十四年创业的梦想。多少挫折艰辛困苦，多少打击委屈与不解，这一切没有让我屈服，反而让我愈挫愈勇。我们的项目承载着我的梦想，也必将铭记着公司的荣耀。我相信三年后，一个崭新的现代化工厂将崛起在汉水之滨、华中腹地。它将成为我们上海临港工厂的重要原料供应商，从根本上解决制约公司发展的卡脖子问题。我们将骄傲地挺起胸膛，公司再也不是对手诟病的贸易商，我们的工厂将是世界一流。外宾们也非常骄傲，大家看到如此强大的阵势异常兴奋，所有的亲朋好友都表示祝贺。感谢一路陪伴的股东及友人，他们专程从北京等地赶来。现在的公司已经成长，已经是一个百折不挠的强者，新工厂的成立将进一步夯实公司领头羊的地位，增强国际话语权的底气。

新业务的开拓与感喟

在另一条战线,我们的新业务开拓也陆续进入丰收期。我们的一个国际领先的新型水性分散剂得到客户的认可并投入试产,这个项目一路升级打怪,年底收获了累累硕果,未来环保问题是所有印染等重污染行业无法规避的问题,我们所研发的无水印染助剂将是未来的市场主流,这为国内部新的业务开拓打下了坚实的基础。另一方面,我们在畜牧养殖等领域,也取得重大突破。我们自主开发的聚维酮碘浓缩液凭借着优异的性能,迅速在高度垄断的奶牛消毒领域打开局面,我们团队迅速地抓到了市场的痛点,敏锐地察觉到这是一个重要的风口,给了重质量和品质的我们杀出重围的机会。也由于我们临港工厂的建立,尤其是具有GMP标准的厂房投入使用,我们经受住了客户严格的审计,为大批量的放量生产提供了背书,这是国内部另一个突破的方向,原本疲软的国内部终于迎来了自己的春天。

至此,2018年制约公司发展的主要问题尽管错综复杂,让人抓狂,但最终凭借着信念、韧劲与倔强一一化解,顺利地挺了过来。每次危机时,我睡梦中都有种感觉,自己仿佛正在向无尽的黑洞坠落。明明头脑很清醒,但不能挣扎,无法逃脱,我只能一点点看着自己及公司宛如坠落的飞船不可控地向命运女神的黑洞宝座跌落。这种无能为力却又着实不甘的挫败感让我痛彻心扉。每次噩梦醒来,冷汗淋漓,有时浑然忘我,不知何为现实何为梦境。创业十几年,我没想到自己还是救火队队员,各种突发事件袭来时,还是要冲在第一线,确实应该好好反思,这在MBA培训课中被视为最差的管理效能,外人可能不解,但我内心的凄楚只有自知。原想培养优秀的团队,在搭班子、建团队、定战略之后,可以退隐江湖;或携美周游世界或静心著写文章,或打高尔夫下围棋,纵歌长啸,快意人生。但不想漫漫创业路如此凄楚,奋斗生涯如此多舛。走过的每一条独木桥,每一截断头路,或许都是前有虎狼、后有追兵的绝境。我每每复盘,静心冥想,原因无数,但自身实力的不足,团队的弱小,销售的孱弱以及企业文化的缺失,诸多的弱点交织一起,成了过不去的坎。但无论如何,我那绝不认输、屡败屡战的个性,还有命运女神的垂青,最终让我又挺了过来。每一次刻骨铭心的挫折让我又多了值得骄傲的资本,人生的意义在于经历,在于折腾,在于迎接挑战,在于拥抱苦难,在于笑对挫折。无论如何,红尘人世,既然闯出模样,必将承受这一切结果。2018年已经渐行渐远,每每回望,我无限感慨。无论如何,人生依然继续,企业仍旧前行,相信我的斗志必将成为公司崛起的动力。

硬核科创属性的打造

在企业发展的修罗场上,我备受煎熬,匍匐前行,但另一个战场,在科技创新和项目申报领域却是高奏凯歌。我们始终延续强劲的势头,屡屡有重要斩获。

回首与科技创新的渊源,可以说冥冥自有天意。创业之初,我便梦想科技创业,产业报国,2005年年初,创业伊始,公司从浦东一家叫金苹果的民居诞生。没有实验室,我便借研究生导师的实验室,我们在那里诞生第一张订单,有了第一个PVPK90合成的工艺。公司从此走上漫漫科创路。在其他企业拼命赚钱时,我把所有的资金投入研发,尽管过得穷苦,但内心充满骄傲。

在2010年进入张江药谷时,我终于有了宽敞明亮的实验室,这是梦寐以求的研发平台啊!我毫不犹豫,将公司的科技研发作为第一核心要素。张江浓厚的科创氛围让我如鱼得水。我坚信科技研发虽然需要巨额投入,但其产生的回报必将成为公司做大做强的底气和内核,诚哉斯言。历经十三年的发展,我们终于在科技创新这个战线上取得了突破,结出了丰硕的果实。我们的风口真的来了。

另一个重磅消息:历经十年辛苦拼搏的两项PVP国家标准正式批准实施。从此,我们水溶性高分子PVP行业的竞争,已经不仅仅局限于产品的质量、成本、品牌之争,已经上升到标准和话语权的竞争。我们真正可以和同行业的国际巨头平起平坐。这一刻,我真是热泪盈眶。我们赶上了科技创新的好时光。

还有一个重磅好消息,历经三年的编写,我主编的《水溶性高分子》于2017年10月正式出版,这是二十年来中国首部以水溶性高分子新材料为主题的学术专著。专著共一百五十万字,代表了中国本行业发展的先进水平,为本行业及相关的科研院所的学习提供了教学指导。此书一出版就供不应求,后来竟然被京东评为最为畅销的工业级用书。它为许多企业的项目申报、产业归类、企业入园、环评办理、学术依据提供了强有力的学术支撑,也为本行业的发展和壮大起到了积极的作用。还记得此书收尾时,我正在出差参加医药展,当最后定稿上传给出版社时,我无比轻松,在酒店外边的音乐喷泉旁边难得地欣赏当地灿烂的夜景。不料,不久,该地枪击案爆发,死伤无数。幸运的是,我们提前自驾离开,侥幸躲过了一劫,但也是冷汗淋漓,我当时第一个念头不是自己的安危,而是我们的专著终于完成,要出版了!

锦上添花的是,我们国际PCT专利也进入收获期,陆续获得多国的认可与授权。遥想当年,我们确定要申请五国PCT的时候,国内有些地区的科创气氛还很薄弱,对知识产权的保护及重要性没有深层次的认识。为此,我饱受质疑。后续的答辩流程无比漫长，费用也极其高昂，但最终我咬牙坚持。这些美元投入要全部费用化，烧掉了公司的利润，能否授权还是极大的未知数。不同的国家有不同的要求，包括答辩、翻译、公证等，非常繁琐。好几个专利因各种原因最终搁浅，但我还是重新申请。我坚信，一个具国际化视野的高科技企业要想有所作为，PCT专利是必不可少的。每个国家都有自己国别的专利保护，只有从专利的角度切入，才能形成真正的核心竞争力，在当地才能形成自己的优势。

同年，在各级部门大力帮助和支持下，我们顺利解决了环评的障碍，我们临港智能制造项目也顺利获批，产学院合作项目多年的坚守终有回报，我们潜心研发的厚重底蕴帮助我们获奖无数。这一切既要感谢各级部门对科技创新企业的大力支持，我们赶上了国家鼓励双创的风口，另一方面也是自己一直坚持科技创新，不理会身边各种杂音的最好的回报。这些荣誉和扶持帮助企业走过了千山万水，更为公司的发展增添了强大的科技创新动能。相信在不远的将来，随着家乡工厂的建设，我们会有更高更强的作为。

2018年是困难的一年，也是收获的一年，我在12月31号晚上发布了公司2019年新年贺词，对公司进行了复盘与总结。无论是困难、失败、失意还是喜悦和快乐，都是我们一段无法忘却的珍贵经历，也是公司发展史上浓墨重彩的一章，我们无需美化，也无需自贬，我只知道2019年我们来了。带着十四年创业的艰辛，带着绝不言败的豪情，带着已经进入青春期的公司砥砺前行，奋勇前奔。

蓄势练内功

2019年在措手不及时已然到来，愈挫愈勇的公司处于加速发展、只争朝夕的大变革的前夜。一方面新的核心管理团队搭建完毕，新任CEO、CFO都迅速进入状态，各个部门按照要求锐意改革，CEO提出收缩战线，聚焦核心产品，深挖市场细分，精简职能部门，预算分解，业绩考核，薪酬体系重建的各项改革措施在顺利推进。另一方面，我们在浓缩液，水性分散剂，日化消杀等新产品的市场领域取得重要突破。CEO的精细管理日益增效。CFO锐意进取，将专业的财务管理理念引入团队，对团队进行改革调整，厘清了历史的弱项，引入ERP管理系统，短短时间，财务部已经成为一支精干高效的战斗团队。我们把公司以前最为薄弱的短板补齐，至此，公司百废俱兴，正在向未来大踏步前进。

不可否认，我们原有的团队，无论是管理班子，还是业务骨干都已经习惯了公司长期平和的家文化，大家缺乏激情，安享其成，不愿变革，小富即安。这一方面是因为我的原因，习惯帮大家挡住风雨，我在外面经历的磨难，大家丝毫感受不到；另一方面也是之前的核心管理团队未能将企业文化深入贯彻，高层到基层之间，传导效应失真，这是一个严肃的课题，这也是我管理的欠缺之处。现在我们 CFO、CEO、临港生产部、襄阳工厂、质量部都是专才，尽管我们还有诸多的缺陷及尚待提高的地方，但公司已是焕然一新，生机勃勃。

科创板的思考

我们从 2012 年作为首批新三板的优秀企业进入资本市场，一路走来，跌跌撞撞，经历了资本市场所有的坑谷与诱惑，几次三番陷入不利的处境，但好在最后终于保住了控股权和话语权，没有沦为不良资本的工具。回首这惊心动魄八年资本市场的打拼，我充分地认识到资本与实业的不同。资本是一朵带刺的玫瑰，这是一朵魅惑又销魂的情花。被资本过度绑架催肥的实体企业，绝非如宣扬的那般美好。企业的发展要靠自身的强大。资本的翅膀是插在有核心竞争力、有内核原动力的实体经济身上。我们不能过于夸大资本的力量，吃进了一定会吐出来，而且会加倍地吐出。我非常庆幸，这么多年的学习，这么多年的积累，在这个领域，始终保持着稳健的脚步和清醒的头脑。公司最终有惊无险地挺了过来。国家鼓励科技创新，这一切，是我们翘首以盼的东风。科创企业的发展是一个探索的过程，成功无法复制，也无法知晓未来，但我们要立足当下，不忘初心。

幸运的是，历经磨难，大浪淘沙。现在公司的股东们都是有共同价值观的伙伴与友人，他们让我们少了短期逐利的压力，帮我们拓展了业务，提升了境界，开拓了新天地。

我相信时不我待，我们将审时度势，在资本市场选择最适合公司发展的时机。我相信金子总会闪光，公司一定会崛起，会成为中国水溶性高分子的航空母舰，也必将在国际市场上留下中国声音。

我相信公司的未来必将是资本市场的宠儿，也将是行业的领军者，它在绿色环保的水性新材料领域将执掌牛耳，成为上海乃至全国的榜样，能够代表中国的行业发声。同时在核心技术领域，我们也将生产一代，研发一代，探索一代，保持科技创新源源不断的动力。

在 2019 年结束之际，我分外激动。一是历经 2018 年的磨难，公司已经启稳。公司几个主要的因行业发展的原因造成的外部困难全部顺利解决。制约企业发展的几个关键瓶颈我们已经突破。公司的核心竞争力进一步加强，但张江总部办公室也完成了它的历史使命。同时，我们临港的公司院士工作站实验室因诸多原因需要搬迁。很可惜临港当年并没有用于医药研发的空间。最终，我们不得不含泪把承载公司核心研发梦想的高分子实验室和生物实验室拆除。经多次选址，几经辗转，我们终于决定二合一，把公司张江总部和临港的研发中心都落户在张江国际医学园区，四楼为研发总部，五楼为办公总部。至此，历经十五年的拼搏奋斗，十五年的峥嵘岁月，我们公司最终站稳脚跟，再次爆发出勃勃生机。我们是打不倒的，是打不死的，是越打越强的。

再次起航

企业尚未洗尽征尘，时间已是2020年5月。我还没来得及欣赏美丽的樱花，栀子花的甜香已经扑面而来。

我站在办公室窗口远眺，外面蓝靛路绿柳成荫，树影婆娑。旁边的小河旖旎秀美，芦苇摇曳。远处天光云影，残阳如血。间或天籁寂响，神思飞逸，往事一一浮现。

我仿佛看到当年年少气盛的我，埋首在浦东振华港机厂的家属院的书桌前准备考研的资料；我仿佛看到当年英气勃勃的我，毅然放弃美国留学深造的机会，在浦东上南路金苹果花园的民居创立公司；我仿佛看到当年风尘仆仆却无比坚毅的我，带着团队一路辗转搬迁，从浦东上南路到张江药谷，再到临港重装备园区。每一次变化，每一处场景，每一段回忆，如同电影的蒙太奇，如同夜空中的璀璨烟花，历历鲜活在脑海。我把最美好的青春年华全部奉献给公司，也把最美好的十五年创业征程奉献给浦东这片热土。

现在，公司已经成为全球知名的水溶性高分子领军企业，已经成为中国颇为传奇的水溶性高分子企业。我们在浦东这片神奇的土地上创造无数的奇迹，即将在襄阳古城开辟另一个战场。我们的峥嵘岁月才刚刚开始。我相信，在各级部门的关注与支持下，我们一定会乘风破浪，再创辉煌。

图书在版编目（CIP）数据

虎嗅集 / 王宇著. — 上海：上海文艺出版社，2024
ISBN 978-7-5321-8849-9

Ⅰ．①虎⋯ Ⅱ．①王⋯ Ⅲ．①诗集－中国－当代 Ⅳ．①I227

中国国家版本馆CIP数据核字(2023)第173775号

发 行 人：毕　胜
责任编辑：胡曦露
封面设计：钱　祯

书　　名：虎嗅集
作　　者：王宇
出　　版：上海世纪出版集团　上海文艺出版社
地　　址：上海市闵行区号景路159弄A座2楼 201101
发　　行：上海文艺出版社发行中心
　　　　　上海市闵行区号景路159弄A座2楼206室 201101 www.ewen.co
印　　刷：崇明裕安印刷厂
开　　本：787×1092　1/16
印　　张：17.75
插　　页：9
字　　数：308,000
印　　次：2024年6月第1版　2024年6月第1次印刷
I S B N：978-7-5321-8849-9/I.6975
定　　价：68.00元
告 读 者：如发现本书有质量问题请与印刷厂质量科联系　T: 021-59404766